マレーナ

MALÈNA

マレーナ

ルチアーノ・ヴィンセンツォーニ
田中 粒=編訳

角川文庫 11957

MA L'AMORE NO...

by

Luciano Vincenzoni

Japanese translation published by arrangement with New Books s.r.l
through The English Agency (Japan) Ltd.

Translated by Ryu Tanaka
Published in Japan by
Kadokawa Shoten Publishing Co.,Ltd.

マレーナ

〈主な登場人物〉

マレーナ・スコルディーア……カステルクトでもっとも美しい人妻
レナート・アモローソ……十二歳半でマレーナに恋した少年
ピエトロ・アモローソ……レナートの父
ボンシニョーレ教授……マレーナの父。レナートたちのラテン語教師
ニノ・スコルディーア……マレーナの夫。結婚後二週間で出征

私が初めて彼女を見たのは一九四〇年の晩春、十二歳半のときだった。その日のことはとてもよく覚えている。その日、ムッソリーニがフランスと大英帝国に宣戦布告している間に、私は生まれて初めて自分の自転車を手にしたのだから。

1

シチリア島南部の港町カステルクトの下町を黒いオープンカーが進んでいく。その後ろを少年たちが列をなし、はやし立てながら追い掛けている。道の両側に建つ石造りの建物は古く、傾いているものさえあった。二階、三階の窓から窓へと渡された紐《ひも》には洗濯物がはためいている。その下をくぐり抜けるように車はゆっくりと進んでいった。黒塗りの車にはファシスト党の制服を着た軍人が五人乗っており、助手席の軍人は立ったまま叫び続けていた。

「今日、午後五時！　ドゥーチェ（ベニート・ムッソリーニの通称）が国民に話しかける！　ラジオをつけるように!!」

沿道の戸や窓が開き人々が顔を出す。歩いていた者は立ち止まって注目した。

「ラジオを所有する全ての市民に告ぐ。ラジオのスイッチを入れろ！」

「今日、午後五時！　ムッソリーニがイタリア国民に演説する！　全ての国民に仕事を中断する許可が与えられた！」

「今日、午後五時、ドゥーチェが国民に語る!!」

町の中心の広場に面した広い階段の中程でも、黒シャツを着た軍人が叫んでいた。

「カステルクトの同志諸君！　ラジオをつけろ！　ムッソリーニが諸君に話す！」

怒鳴り声は建物に囲まれた広場に響き渡る。

「ファシスト党からの命令である！　ラジオを持つものは家の外に、道路やテラスに出すように！」

人から人へ、家から家へと言葉が伝わっていく。気の早い男がラジオを外に運び始める。しかし大きな箱型ラジオを、狭い戸口から引きずり出すのは容易な作業ではない。近くに立っていた数人の男が手を貸し、どうにか道ばたに据え付けた。


ドン・ミミの修理屋にもラジオがあり、開け放した扉の外に出してあった。陽が傾きかけ、ドゥーチェの演説が始まると、通りがかりの男たちが足を止め、ラジオに聞き入っていた。狭い作業部屋の壁には古いタイヤがぶら下がり、壊れた自転車が立て掛けてある。車輪を外したバイクは床に転がしてあった。

工具のちらかった片隅でレナートはしゃがみ込み、目を輝かせて水色の自転車を眺めていた。横には、彼の父〝会計係のピエトロ・アモローソ〟が不安げな顔つきで腕を組んで立っている。

修理屋のミミが誇らし気に言った。

「フレーム、ハブ、ハンドル、リム、フォーク、変速器、全部一流メーカーの製品ですよ」

そう言いながら一つ一つの部品を手で指し示していく。まるで落成式で作品を公開する彫刻家のようだ。

「そのうえ組み立ては完璧《かんぺき》ときている！」

ミミはレナートに小さな油差しを渡すと、チェーンを指差した。

「チェーンは新品だから時々油を差してやらなきゃいけないよ」

レナートはうなずいた。素晴らしい自転車だと思った。

しかし父親は納得できなかったようだ。壊れた自転車から部品をかき集め、組み立てたものが、ちゃんと走るとは思えなかったのだ。

「危なくないのかい？」

自転車をすでに自分の物のように思っていたレナートは急いで答えた。

「危ない訳ないじゃないか」

自尊心を傷つけられたミミも恨めし気に言った。

「会計係さん、新車だってあるんですよ」

「ミミ、戦争が始まったんだ。この御時世に自転車に金をつぎ込めってかい？」

二人は大きくため息を吐《つ》き黙り込んだ。

レナートは早速自転車に乗り、走り出していた。風を切り、人々の間をすり抜けて疾走する。街の中心の広場に出ると、そこは興奮した群集で埋め尽くされていた。一段高くなった玄関口に白い大理石の円柱が物々しく並ぶイタリア・ファシスト党地区本部のスピーカーからムッソリーニの声が雷鳴のように轟《とどろ》く。

『陸、海、空の戦士諸君！　革命と戦いの黒シャツ隊員に告ぐ……』

まだまだ多くの人が広場に駆け込んで来る。兵士が、憲兵が、ファシスト党員が、そして多くの一般の人々が、ローマのヴェネツィア広場から呼び掛けるドゥーチェの声に飲み込まれていった。

『イタリア、帝国、アルバニア王国の全ての男女に告ぐ！』

レナートは嬉々《きき》としてペダルを踏み続けた。広場を抜け、ラジオを取り囲む集団を次々とかすめながら、古い石畳の道を走り続ける。時としてドゥーチェの声は群集の拍手にかき消された。街を囲む城壁に作られたヌオーヴァ門を走り抜けたとたんに、あたりは田舎の風景となり見渡す限りオリーブ畑が広がっている。そこからは砂利道が海に向かって一直線に延びていた。レナートは風を切って思いきりペダルを踏んだ。ついに自分の自転車を手に入れた喜びがレナートの心に込み上げてくる。少年は両手を突き上げ思いきり叫んだ。

「やったー！」

海沿いの広い砂利道に五人の少年たちがいた。全員が十三歳から十四歳だった。レナートと同じ学校に通う少年たちだ。彼らは、道と海岸を隔てている高さ一メートル程の堤防に上がり、しゃがみ込んで一匹の蟻を取り囲んでいた。蟻は少年たちから逃げようとでもするように這《は》い続ける。

『今こそ団結の時だ！』

風に運ばれムッソリーニの声が流れてくる。しかし蟻に集中した少年たちの耳には入らない。年長のピネがポケットから取り出したレンズを陽にかざし、光の焦点を蟻に合わせ、動きを追っていく。

「ピネ、蟻は自分の運命を知ってると思うかい？」

アゴスティーノが尋ねた。

「そんなこと分かる訳ないじゃないか」

ピネが答える。

そのとき、蟻が自分の運命を悟ったかのように動かなくなった。

「もし蟻が、お前みたいにバカだったら、チンポコの運命しか考えないな！」

ニコラが叫ぶ。少年たちは笑い転げた。

小さな点となった光線が蟻に重なり、一筋の煙が立ち上った。蟻は一瞬痙攣《けいれん》したかと思うと二度と動かなくなった。

「マリア様、あなたの息子《むすこ》を罪からお救い下さい」

突然ピネが罪の意識に突き動かされたのか、唱え始めた。

他の少年たちも声を合わせて唱える。

「マリア様、あなたの息子を罪からお救い下さい」


少年たちのいる場所から遠くない、港の前に広がる小さな集落にマレーナは住んでいた。彼女の家は半島の先端部分にあり、集落の一番端だった。家の正面と左手は道路を隔てて海岸になっている。ヌオーヴァ門から続く道は、この家の前で海にぶつかり、庭に沿って左に曲がり、港地区へ入っていく。

マレーナは一人きりで家にいた。鏡に向かい、だるそうに髪を梳《と》いていた。白く、なまめかしい手に握られたブラシが、ゆっくりと髪の間を這っていく。黒くて長い、艶《つや》やかな髪。ラジオはムッソリーニの声を吐き出し続けている。

マレーナのつま先が白いハイヒールに滑り込む。そしてほっそりとした指が、ふくらはぎにたまっていたストッキングをつまむと、太股《ふともも》の付け根まで引き上げた。丈の短い白いワンピースの下から黒いパンティとガーターベルトが覗《のぞ》く。ベルトのクリップでストッキングを留めた。

ムッソリーニの激情を吐き出しつづけるラジオのスイッチを切り、マレーナは外に出た。

レナートは最後の力を振り絞ってペダルを踏むと、真鍮《しんちゅう》のチェーンが光をまき散らし歯車はリズミカルに音を立てる。海岸通りに出たところでレナートは手を振って叫んだ。

「おーい！　ニコラ！　タニーノ！　ササ！　アゴスティーノ！　ピネ！」

振り向いた少年たちは驚きの声を上げる。

「おい、見ろよ！　新品の自転車だぜ！」

「すごいな！」

「この野郎！」

五人は、辿《たど》り着いたレナートを取り囲み、新しい自転車を眺めまわした。

「ぴかぴかだぜえ！」

「かっこいいな！」

ピネが注意深く細部を点検してから言った。

「これはいい部品だけを集めて組み立てたものだな。競走用と同じ作り方だ！」

ニコラは拳《こぶし》でレナートの肩を殴りながら笑いかける。

「これでお前も一人前だな」

満足そうに少年たちの賞賛を聞いていたレナートが、急に真剣な顔になりピネに問いかけた。

「ピネ、いいだろ？　俺《おれ》も仲間に入れてくれよ」

ピネは仲間の顔を素早く見回した。

ちょうどその時、時を告げる教会の鐘が鳴った。するとササが急いで堤防の上に飛び乗り、遠くを見ながら離れていった。

ピネがアゴスティーノに向かって言う。

「お前、どう思う？」

「俺はいいよ」

「ニコラ、お前は？」

「合格だな！」

「問題ないと思うぜ！」

タニーノも答えた。そこでピネは、堤防の上に立ち、何かの到来を待つように遠くを眺め続けるササに怒鳴った。

「ササ、お前はどうなんだよ！」

「俺たちの秘密に、ガキを交ぜるのは嫌だぜ！」

　ササは怒鳴りかえしてきた。

　不思議に思ったレナートはピネに尋ねた。

「どうして？　これから何があるっていうのさ？」

「お前、秘密を守れるか？」

　ピネは真面目《まじめ》な顔で言った。

「ピィーッ！」

　ササが鋭く長い口笛を吹いた。

「来るぞ！　来るぞ！」

　アゴスティーノが叫んでいる。少年たちは急いで堤防に駆け寄り、並んで腰を掛けた。奇妙な緊張感が漂っている。レナートには何が起こっているのか皆目見当もつかなかった。しかし少年の本能が皆と同じ行動を取るように告げていた。レナートは急いで自転車を堤防に立てかけると、ピネの横に座って尋ねた。

「いったい何だっていうのさ？」

「シーッ！」

　とたんに押し殺した叱責《しっせき》が少年たちの口から漏れた。

「俺たちの仲間になりたいんだったら黙ってじっとしてろ」

ピネが、まるで誓いの儀式のように厳しい口調で言った。レナートは素直にうなずいた。何がはじまるのかわからなかったが、既に少年たちの興奮が乗り移っていた。

五人がいっせいにある方向を見た。レナートは視線を追う。誰も一言も話さなかった。レナートは息苦しくなってきた。

その時、道の奥に一人の女性が現われた。砂利道を少年たちの方に歩いて来る。眩《まぶ》しいくらい白い肌、肩に流れる黒い髪、遠目にも美しい身体《からだ》の線。

レナートの身体を電気が走り、動けなくなった。息も殺したまま、目だけで近付いてくる女性を追っている。豊かな胸、くびれた腰から盛り上がり太股へと続くカーブ。密着した薄い服は身体の線をそのまま描き出していた。瑞々《みずみず》しい美しさと、成熟した色香を合わせ持つその女性は、二十代半ばにも、三十を超えているようにも見えた。

彼女は無関心に歩き続ける。熱い眼差《まなざ》しを浴びせ続ける少年たちの存在に気付きもしないようだ。

レナートは突然奇妙な感覚に襲われた。ズボンの中の異変に気付き股《また》に目を落とすと、盛り上がってくるものがある。自分の中で何かが起ころうとしていた。今まで知らなかった感情が急速に膨らんでいく。

レナートが目を上げると、女性はすぐ前を通りすぎている。レナートの心臓が早鐘のように鳴り響く。間近に見る彼女は更に美しく官能的だった。風を受けて揺れる髪、艶やかに赤い唇、透き通るように白い首、襟元から覗く深い胸の谷間、レナートは彼女の細部をひとつひとつ目に焼きつけていった。

彼女が後ろ姿になり遠ざかっていく。レナートは豊満な腰と太股を夢見心地で見つめ続けた。

突然タニーノが口笛を吹き、儀式の終わりを合図した。少年たちはそれぞれの自転車に走り寄り、引き起こすと飛び乗って走り出した。五人は紅潮した顔に笑みを浮かべながら、力一杯ペダルを踏んでいる。レナートも後を追ったが、まだ自転車に慣れていないし、身体も小さい彼は上り坂では遅れがちだった。一番後ろを走っているニコラに、やっと追い付き、大声で聞いた。

「あれは誰?」

「ラテン語の先生の娘だよ」

ニコラが答えた。

「名前は?」

レナートがそう言ったとき、ニコラは叫びながらスピードを上げた。

「ちきしょう、あの女とやりてえなー!」

汗まみれで息を切らした六人がヌオーヴァ門に着いた。肩で息をしながら、門の手前で自転車から降りる。少年たちは随分遠回りをしながらも、彼女より先に着くために必死でペダルを漕《こ》いだのだった。歓声を上げながら自転車を地面に転がし、前と同じ順番で素早く道端の低い塀の上に座った。

門のすぐ内側に置かれたラジオからドゥーチェの声がまだ響いている。

『大陸の国境問題と海域問題が深刻となった現在、それら諸問題を解決するために我々は武器を取る覚悟である！』

道の彼方《かなた》から彼女が現われた。門に向かって歩いて来る。真直《まっす》ぐに前を向き、落ち着いて交互に足を運ぶ。

レナートの身体が熱を帯びた。喘《あえ》ぎながら濡《ぬ》れた目で彼女を見つめ続ける。近付くにしたがって、顔だちがはっきりと見えてくる。細く引いた眉《まゆ》、大きなアーモンド型の目、通った鼻筋、肉感的な唇。

目前に迫った彼女が道のくぼみを避けるため少し右に移動した。その動作は彼女を少年たちに少し近付けた。甘い芳香がレナートの鼻をくすぐる。頭の芯《しん》が痺《しび》れた。レナートは、うっとりと目を閉じ大きく息を吸い込んだ。

女性は門を潜って街に入っていった。のぼせた顔をした六人は立ち上がって門の下に並び後ろ姿を見送る。

ピネが再び行動開始の合図を出した。自転車に飛び乗り、回り道の疾走が再度始まる。彼女より先に着かなくてはならない。少年たちの足は既に疲れ切っていた。特に一番年少のレナートには体力の限界だった。しかしもっと彼女を見たいという思いは強烈だった。レナートはペダルを踏みながらも彼女の身体を思い描いていた。彼をもっとも錯乱させたのは、胸でも顔でも豊かな腰でもない。太股《ふともも》の側面にあるコーヒー豆くらいの小さな盛り上がり、ガーターベルトのクリップが薄い服をわずかに押し上げている部分だった。それは、脚の動きにつれ小さく弾んでいた。

町の中心に近い、石畳の広い道を彼女は歩いていた。道の両側で、戸口の外に置かれたラジオに人々が群がっている。それを避けるように彼女は中央を歩いてくる。彼女だけが、ムッソリーニの声に耳を閉ざしているようだった。

少年たちは、今度は道端で立ったまま見ていた。

「きれいだなあ、あの股の間に挟まれてみてえなあ」

ササが口走る。

「耳の穴でもいいからやりてえなあ」

とアゴスティーノ。

「ちきしょう、結婚してなきゃなあ」

ピネが言う。

レナートは我慢できなくなって聞いた。

「なんていう名前なの?」

「マレーナ。カステルクトで一番そそる女さ」

タニーノはそう言うとため息を吐《つ》いた。

2

少年たちのクラスではラテン語の授業が行われていた。マレーナの父親であるボンシニョーレ教授はかなり年老いている。背が低く、小太りで、頭の周囲に残った髪には白いものが目立つ。顔の下半分は白髪混じりの鬚《ひげ》に被《おお》われている。耳が遠く、足取りもおぼつかない。しかし眼鏡の奥の優しく悲し気な瞳《ひとみ》は会う人に安心感を与えた。

生徒たちの机の列に沿ってゆっくりと歩きながら教授はイタリア語で暗唱した。

「太陽は月より大きい」

生徒全員がラテン語で答える。

「ソル　マイオール　エスト　ルナ！」

教授が復唱する。

「その通り！　ソル　マイオール　エスト　ルナ」

そのとき、一番後ろに座っていたピネが立ち上がり、教室の出口を両手で指しながら言った。

「先生！　娘さんのマレーナとやりに行ってもいいですか？」

耳の悪い教授は答えた。

「いいけど早く済ませろよ」

教室中が笑いの渦に包まれるが、教授はかまわず授業を再開する。

「豊かさよりも、つつましさを愛する」

生徒が一斉に答える。

「マジス　ディリーゴ　ホネスタティム　クアム　ディヴィティアス！」

しかしレナートは黙ったまま考え込んでいた。教授の声も生徒の合唱も聞こえなかった。ピネの悪ふざけに一瞬笑ったが、すぐ真顔に戻っていた。自分が気を悪くしているのに気が付いた。マレーナの姿が目に浮かんでくる。道の彼方に初めて見た彼女の姿、美しく妖《あや》しい顔、豊かな胸の膨らみ。


その夜レナートは眠れなかった。小さな部屋で、真鍮《しんちゅう》のパイプを組んだ粗末なベッドに横たわり、天井を見つめていた。弱いランプの明かりが煤《すす》けた壁で揺れる。天井の染みがいつのまにかマレーナの太股にかわる。薄い服が貼《は》り付き、リズミカルに前後する。そこにはコーヒー豆大の膨らみが……。

レナートは天井から目を背け、激しく寝返りを打つとベッドから降りた。窓を開け、大きく息を吸い込む。しかし頭の中のマレーナは、消えてはくれなかった。

「明かりを消せ！」

突然下から声がした。憲兵が二人歩いてきたのにも気付かなかったのだ。戦時下のため、灯火管制が敷かれている。声の方を見ると憲兵がレナートのいる窓を見上げていた。急いで彼は窓を閉めた。

「七つ分だ！」

アゴスティーノが叫んだ。

「七つ半！」

続いてタニーノが声をあげる。

少年たちは海辺の大きな岩の上にいた。パンツ一枚で、お互いに間隔をあけ、それぞれ勝手な方を向いて座り込んでいる。両手を股《また》の間に差し込んで、パンツをずり下げて、ごそごそと何かしていた。

彼等を取り囲む海はどこまでも青く、降り注ぐ太陽の光をキラキラと反射した。

「俺《おれ》の対空砲は八つ半だぜ！」

ニコラが言った。

少年たちは親指でペニスの長さを計っていたのだ。

「八つ半のもので女とやるってか？　八つ半なんてくすぐったいだけだぜ！　ばーか」

ピネはニコラに言うと、自分でも計り始めた。

「いーち、にい、さん……しち、く、じゅういち！」

「いんちきだ！」

ササが叫ぶ。他の少年たちも口々に罵《ののし》る。

「くすぐったいどころか、俺ならマレーナのパンティだって突き破ってやる！」

ひとしきり騒ぎが続くうちにササが言った。

少年たちはまた笑い転げた。しかしレナートだけは今度は笑わなかった。

今度はピネが話し始めた。

「一度な、マレーナが俺に声をかけたことがあるんだよ」

少年たちは一気に静かになった。みんな好奇心も露《あらわ》に続きを待っている。レナートも嫉《しっ》妬《と》を抑え付けながら耳を傾けた。

「その朝、俺は学校に行かなかった。自転車で港へ遊びに行く途中で、マレーナの家の前を通りかかった。彼女は玄関にいたんだよ。まるで俺を待ってたみたいによ。俺を呼んで、タバコを買ってきてくれって言った。俺は金を受け取るために彼女の近くに行った。身体《からだ》が触るくらい近くにだぜ。そんでよ、そのとき、彼女のガウンがめくれたんだ！　俺は彼女の裸を見たんだぜ。生まれたまんまの姿をよ！」

「おー！」

「すっげー！」

「ほんとかよ？」

少年たちは口々に喚《わめ》いた。ピネは話を続ける。

「まったくよお、ありゃわざとやったんだぜ。俺を誘うために。しかし俺もまだガキだったしな。チャンスを逃しちまったのさ。でもよ、今度彼女がタバコが欲しくて俺を呼ぶときにはな、絶対にやっちまうぜ！」

突然レナートが口を挟んだ。

「彼女はタバコを止《や》めるよ。それにもう、お前がホモだって思ってるさ！」

少年たちは息を飲んだ。ピネは三秒間ほど、唖然《あぜん》とした顔でレナートを見ていた。そして怒りを爆発させた。

「この大バカ野郎のオナニー狂いが！　お前なんてチンポコの長さ計る度胸もないんだろ？　根性なしの裏切り者め！　お前なんて仲間にしねえよ！」

他の少年たちも口を合わせて言った。

「そうだ！　計れよ！　計れよ！」

レナートはしかたなくパンツをずり下げて計り始めた。両手の親指を交互にペニスに当てていく。

「いっち、にい、さん、しい、ご……」

そこでレナートの声が消えてしまった。

「ろく！」

ササが嬉《うれ》しそうに叫び、他の少年は腹を抱えて笑った。レナートは恥ずかしさに顔を上げることができなかった。その様子を見たピネが言う。

「半ズボン穿《は》いてるガキはチンポコの代わりに何があると思う？」

間髪をいれずアゴスティーノが答える。

「短いチンポコ！」

レナートが顔を上げて言った。

「でも俺の親指はお前らのより太いんだ！」

「うそつき！」

ササが言う。

「うそつきって言う奴《やつ》がうそつきなんだ！」

言うなりレナートはササに飛び掛かっていた。取っ組み合いの喧嘩《けんか》になり、周りの少年たちは喜んではやし立てる。身体の小さなレナートは分が悪く、最後には投げ飛ばされた。

ササは倒れたレナートの睾丸《こうがん》を片手で強く握りながら言った。

「おい、誰のチンポコが一番長いか言ってみろ？　誰だ？」

「お前のだよ、お前の！」

レナートはもがきながら叫んだ。

「こらこら、誰かのチンポコと取り違えてないか？」

ピネは不服そうに言うとササに飛びかかった。他の少年たちは二人を囲んではやし立てた。

レナートはまだ倒れたままだった。


朝の通学時刻、後期中等学校の校舎前は生徒でごった返していた。大抵は二人から数人のグループで、おしゃべりしたり笑いながら足早に校舎の中に消えて行く。レナートだけが一人、気がなさそうにのろのろと歩いていた。他の生徒は彼をじゃまそうに避け、追いこしていく。

「おいレナート！　さぼるのか？」

声の方を見るとピネがいた。

「いいから先に行けよ！」

レナートはピネを校舎へ押しやるように手を振った。

さして頓着《とんちゃく》もしないでピネは建物の中に消えていった。レナートはまわりを見渡し、誰も見ていないことを確認すると、校舎とは逆の方向へ走り出した。校門を出て壁に立て掛けてあった自転車に乗る。レナートは街を横切り、ヌオーヴァ門を潜り、海岸へ続く砂利道を疾走した。あの日以来、レナートの心を引き付けて止まない場所に向かって。

マレーナの家の前で自転車を止め、海岸沿いの堤防に立て掛けた。堤防に腰掛け、道を隔てた、憧《あこが》れの女性が住む家を眺める。二階建ての、古いが立派な一軒家だった。道に面した漆喰《しっくい》の壁に、両開きの木戸が付いた玄関があり、その上には窓と小さなバルコニーがあった。高さ一メートル程の石垣が建物から右手に続いており、錆びた鉄格子の門が付いている。石垣の向こうは庭で、見事な大木が一本生えていた。背は屋根より高く、幹は大人の二抱え以上もあり、八方に伸びた枝に葉が生い茂っていた。

レナートは緑色に塗られた玄関の戸を見つめていた。

すると突然二枚の戸が外側に開き、ピンク色のシルクのガウンをまとったマレーナが現われた。彼女は手招きしながら言った。

「こっちへおいで。タバコを買ってきて欲しいの」

レナートは驚いて後ろを見た。まさか自分を呼んでいるのだとは思えなかった。しかし彼の他には誰もいない。彼は操り人形のようにすっと立ち上がり、道を横切り、彼女の方に近付いて行く。マレーナは誘うような目でレナートを見つめている。

レナートは戸口に着いた。玄関は道より一段高くなっている。マレーナのガウンが少し開いている。目の前に彼女の太股《ふともも》があった。手が届くところに。

「何のタバコ？」

レナートは尋ねた。

「マチェドニア・エクストラ」

彼女は微笑《ほほえ》んで答える。

タバコ代の小銭を手渡すために彼女が手を伸ばした。少し前屈《まえかが》みになったため、ガウンからあふれ出る胸がレナートの顔に迫る。レナートも手を伸ばし、手のひらでコインを受けようとする。しかし視線は胸から離れない。コインはレナートの手を滑り落ちた。あわててしゃがみ、コインを拾い集め、レナートが顔を上げると……。

彼女は足を前後に開き、ガウンが両側にはだけていた。ガウンの下には何も着けていなかった。レナートは息が止まり動けなくなった。

堤防に座ったレナートは、道を隔てた家の玄関を身じろぎもせず、長い間見つめていた。誰もいない戸口を。

レナートは仕立て屋の工房にいた。大きな作業机が部屋の半分を占めている。右の奥にはミシンがあり、仕立て屋の娘が何かを縫っていた。その横では仕立て屋の女房が女性客の試着を手伝っており、客は壁に掛けられた背の高い鏡に向かい、身体の角度を変えながら、念入りに映して見ていた。

レナートは鞄《かばん》からねずみ色のズボンを取り出し、仕立て屋に渡した。仕立て屋は手に取ると、顔に近付け、隅々まで検分して言った。

「こりゃ俺《おれ》が仕立てたものだな。おやじさんが結婚式に穿《は》いたズボンだろ？」

レナートはうなずき、落ち着きなく周りを見る。

「一九二三年に俺が作ったんだ。しかし今でも新品に見えるなあ！」

「結婚式の日に穿いたきりだって言ってたよ。自分の葬式までもう穿かないんだってさ」

レナートが言うと、仕立て屋は上機嫌で答える。

「そりゃそうだ！　このズボンを穿いて神様の前に出りゃ天国行きは間違いないからな！」

「でも、うちの父さん、まだまだ死なないよ」

レナートは訴えるように言った。

「しかしお前さんも長ズボンを穿くのは、まだ早いんじゃないか？」

言いながらも仕立て屋はレナートの身体に巻き尺を当て、サイズを計り始めた。

「そんなことないよ。自分のことは自分で決めるんだ。俺が金を払えればいいってことさ」

「でも、おやじさんの許可はもらってるんだろうな？」

「もちろんだよ。父さんは賛成さ」

レナートは嘘《うそ》をついた。父親が許可などくれるはずはない。ズボンはこっそり簞笥《たんす》から持ち出したものだった。

「泥棒！　この悪党が！」

レナートの家に父の怒鳴り声が響き渡った。

アモローソ家は古い集合住宅の二階にある。

カステルクトは、紀元前から始まる町の成長の跡をそのまま残していた。町を囲む城壁の内側には石造りの建物がびっしりと並んでいる。建物と建物がくっ付いてしまい、大きなブロックを形成しているところも多かった。新たに建物を建てる土地がなくなった後、壁や天井を壊したり作ったりしながら、人々は建物の内側だけを都合に応じて変えていった。

レナートの家は玄関から続く台所、食堂、両親の寝室が二階部分にあり、食堂にある狭い階段を上るとレナートの部屋と姉妹の部屋があった。

仕立て屋は店の前を通り掛かったピエトロを呼び止め、全てを話してしまった。ピエトロはズボンを摑《つか》むなり家に向かった。建物の内階段を駆け上がり、玄関の戸も閉めずに台所へ入ると、レナートが母親、妹二人と食事をしていた。レナートは父の手に握られたズボンを見て青くなった。

ピエトロは怒鳴りながらレナートの顔にズボンを叩《たた》き付けた。小さな妹二人が悲鳴をあげる。母親は事態がのみこめず、おろおろしている。父親はレナートの腕を掴み、平手で頭や背中を殴りながら怒鳴った。

「レナート・アモローソ殿！　お前が学校をサボってるのは知ってて見のがしてやってるんだ。この歳ごろのガキはみんなやることだからな！」

　母親が間に割り込み、ピエトロの腕にすがりついた。

「ピエトロ！　やめて下さい。まだ子供です！」

　その隙《すき》にレナートは玄関の方へ逃げ出した。丁度その時、玄関の横にあるドアが開き、姉がトイレから出て来た。

「どけよ！」

　レナートは姉を突き飛ばして玄関を飛び出し、階段を駆けおりた。ピエトロは妻を振り払って、レナートを追い掛ける。ふらふらと立ち上がったレナートの姉が行く手を塞《ふさ》ぐかっこうになった。

「じゃまだ！」

　ピエトロはレナートの姉を平手で殴り付けると、吹っ飛んだ姉が壁にぶつかる横をすり抜けて走る。階段半ばでレナートは追い付かれた。

　ピエトロはレナートの耳を摑んで引っぱりながら階段を上がり始めた。

「お前がガキどもに顎《あご》で使われてることだって知ってるんだ！　なさけない奴《やつ》だ！　俺の

時代には俺が命令してたんだぞ！」

階段にピエトロの怒鳴り声が響く。その間にも空いている片手でレナートの頭や背中をところかまわず殴り続けた。

同じ階にあるもう一つの入り口が開いて、老夫婦が何ごとかと顔を出す。その前をピエトロがレナートを引きずり、殴りながら通る。怒り心頭に発したピエトロは、驚いた老人が止めようと手を出すのを見て、老人にまで殴り掛かる振りをする。老夫婦は首をすくめてドアの中に消え、ピエトロもレナートを家の中に引きずり込んだ。

ピエトロは奥の食堂まで行くと、頑丈な木のテーブルにレナートの顔を叩き付けた。

「どうして分かってくれないんだよ！」

レナートが叫ぶ。

「俺に生意気な口をきくんじゃない！」

「半ズボンで歩くのが恥ずかしいんだよ！」

「ニッカーボッカーを買いましょう。ね、ニッカーボッカー」

母親が割って入った。

「うるさい！　こいつはまだガキだ！」

ピエトロは妻に怒鳴る。

レナートは台所へ走り込み、椅子《いす》を床になぎ倒し泣きながら叫んだ。

「だったらファシスト党本部に行って言ってやる！　毎週土曜日の訓練に俺を行かしてくれないってな！」

怒り狂ったピエトロは、倒れている椅子を摑むとレナートの頭上に振り上げた。母親が後ろからピエトロにすがりつき、息子のために許しを乞《こ》い続ける。

うんざりした表情で、ピエトロはゆっくりと椅子を床に下ろした。一瞬考えた後、レナートに近寄り耳打ちする。

「それじゃあ、取り引きだ。そのうち誰かの頭を叩き割る必要ができたら、俺の為《ため》にお前がやるんだ」

そしてムッソリーニを真似て両手を腰にあて、ふざけた調子で言った。

「よし！　お前に長ズボンを作ってやる」

「約束しろ！」

父親を睨《にら》みながらレナートが言う。ピエトロは拳骨《げんこつ》を振り上げてレナートに走り寄った。

夜の闇《やみ》に包まれ、人気の途絶えた通りをレナートは見下ろしていた。自分の部屋の窓から顔を突き出し辺りを見回す。灯火管制が敷かれているため、街灯もなく窓明かりさえ漏れてこない。完全な暗闇だった。レナートは窓枠を乗り越えて屋根に乗り、壁を伝って通りに下りた。

彼はゆっくりと歩き出した。手には熾《おこ》した炭の入ったアイロンをぶら下げている。アイロンの隙間《すきま》から漏れる、オレンジ色の鈍い灯が足下を照らしてくれた。歩いていると前方に同じような灯がいくつか見える。ゆらゆらと揺れる灯が交差し、人々が小さな声でファシスト党の奨励する挨拶《あいさつ》を交わすのが聞こえた。

「おやすみ、同志よ」

「我々のもとに」

「我々のもとに」

レナートはヌオーヴァ門の方へ歩いていく。門をくぐると人気のない田舎道を海に向かって歩き続けた。マレーナの家に着いた。月明かりに照らされた庭の木が威圧するように大きく見える。彼は塀を乗り越えて庭に入った。足音を殺して窓に近付き隙間を探す。しかし灯が漏れないよう、どの窓もしっかりと目貼《めば》りされていた。

一階に可能性がないことを悟ったレナートはアイロンを置くと木に登り始めた。二階の窓へ伸びた太い枝を選ぶと先の方へ移動していく。窓のすぐ前で、一階と二階を区切る、壁が飛び出した部分に乗り移った。がっしりした木製の雨戸が閉まっている。レナートは耳を押し付けてみた。かすかにラジオの音が聞こえてくる。

レナートは雨戸に捩《ね》じ込まれた太い釘《くぎ》の頭を摑んで回そうとした。しかし釘はびくとも動かない。他の釘を試したが、これもだめ。焦りと罪の意識に手が震えていた。何本目かの釘がすぽっと抜けた。穴から光が漏れてくる。レナートは急いで穴に目を当てた。

そこには初めて見るマレーナの世界があった。その窓は、一階の居間兼食堂の吹き抜け部分のものだった。正面に二階の入り口が見える。そこから階段が居間に降りている。レナートは顔を動かし、目の位置を微妙にずらしていく。丸く切り取られた視野が移動する。たくさんの引き出しが重なった木の箪笥、大きな焦茶色のテーブル、幾何学模様の絨《じゅう》毯《たん》、目の端にマレーナが映った。窓の真下、部屋の角に置かれたソファーに寝転び、真直《まっす》ぐ上を見つめていた。心配そうな顔でラジオに聞き入っている。ラジオは戦況を伝えていた。

『東アフリカ、十一日早朝。イギリス・インド軍の艦隊がアッサブ沖に現われた。艦隊は街を爆撃し……』

彼女は真珠色のスリップ一枚を着けているだけだった。黒く豊かな髪が顔の両側に広がっている。レナートの視線は彼女の上をゆっくりと移動していった。首筋から肩へ続く美しいライン。丸く盛り上がった乳房、花模様の薄いレースは、かろうじて乳首を隠している。ウエストから一番気になる腰の下へ、スリップの裾《すそ》からは長い脚がすらりと伸びている。

マレーナは身体《からだ》を起こすと、立ち上がり、台所へ行きコップに水を注いだ。しかし、飲むでもなくコップを持ったまま、ゆっくりと部屋の中を歩き始める。弱いランプの灯から遠ざかっていく。レナートの目はシルエットになったマレーナの姿を追う。奥まで行くと反転し、またこちらに歩いてくる。いつも一人きりのマレーナ。レナートの心にマレーナの寂しさが染み込んできた。

レナートは放心状態で彼女を見ていた。ラジオからは戦況が流れ続ける。

『ガッラとシダマでは我が軍が作戦を進行中。機動部隊と協力して反撃し、敵軍に大きな打撃を与え……』

ふとレナートは我に返った。額に入った写真が二枚、箪笥の上に置かれているのを見つけたからだ。一枚は結婚式の写真だった。白いウエディングドレスに包まれたマレーナが、タキシードの男性と教会の前に立っている。もう一枚はその男性が軍服を着ている写真だった。彼女の夫は出征しているのだ。

3

床屋は男どもでごった返していた。壁際には高い肘掛け椅子《ひじかいす》が五脚並び、白い布を巻かれた兵士や市民が鏡に向かって腰掛けている。その背後で床屋が忙し気に鋏《はさみ》を動かし髪を切る。ピカピカの剃刀《かみそり》で鬚《ひげ》をあたる者もいた。座って新聞を広げたり、立ったまま世間話して順番を待つ客は二十人以上もいただろう。レナートは机の上にあった小さな本を眺めながら待っていた。そこにはセクシーなポーズを取った、裸の女性が描かれている。それは手の平に隠れるくらいの春本だった。

レナートの耳に客と床屋の会話が聞こえてきた。

「あんなに若くて綺麗《きれい》な女が一人でいられるもんかい。え、どう思う?」

肘掛け椅子に座っている客の一人が言い、片手を二、三度突き出す卑猥《ひわい》な身振りをして見せた。

「ヒュー!」

床屋は店中に響く声を上げ、おどけて見せる。隣に座っていた客も話に乗ってきた。

「誰の話だい?」

客の髪を切っていた床屋が答える。

「マレーナ・スコルディーア、耳の悪い教授の娘でさあ」

マレーナの名前が出たとたん、床屋にいた男たちみんなが顔を見合わせてうなずき合った。

レナートは、一言も聞き逃すまいと聞き耳を立てていた。

「あの女に男がいないなんて絶対に信じられないね」

客の一人が言った。

その時、一番奥にいた床屋が客に掛けていた白い布をはたきながら叫んだ。

「十五番を持ってるのは誰だ！」

レナートは見ていた春本を素早くポケットに押し込み、数字の書かれた札を高く上げた。

「俺《おれ》だ！」

レナートは店の奥に進んで、客が去った高い肘掛け椅子に腰を下ろした。しかし床屋はいきなりレナートを後ろから抱えあげると、椅子から下ろしてしまった。そして店の隅に、低い丸椅子を置きながら言った。

「お前はこっちだ」

レナートが座りそこねた肘掛け椅子に、次の番号札を持った客が歩み寄り、座るなり声高に話し始めた。

「怪しいもんだな。結婚式の二週間後に旦那《だんな》は軍に戻り、戦争が始まってそれっきりになっちまった。今頃まで、まだ誰もいないと思うかい？　誰か危険を承知で試してみる奴《やつ》はいるか？」

「誰もいないね！」

客の一人が答える。

レナートは恥ずかしかった。自分だけが店の隅で低い丸椅子に座っている。マレーナの噂話《うわさばなし》は、更にレナートを不機嫌にした。白い布を首に巻き付ける床屋にレナートは言った。

「何で他の人たちと同じ椅子に座らせてくれないんだよ？」

「大人の椅子に座るには、お前はまだ小さすぎるからさ」

答えるなり床屋はバリカンをレナートの髪に突っ込んだ。


その日もレナートは学校をさぼり、マレーナの家の前にいた。塀越しに木の間から庭を覗《のぞ》いてみると彼女がそこにいる。レナートは人目に隠れて庭を覗く場所を探すため、裏側に回ってみた。そこは人通りが無く、塀に沿って背の高いサボテンが生えていた。レナートは鞄《かばん》から、小型の望遠鏡を取り出すと、サボテンの隙間《すきま》からマレーナを見た。

マレーナは背もたれが付いた木の椅子に座り陽光を浴びていた。脚を投げ出し、胸を突き出して、頭を後ろに反らせている。上を向いた顔から長い髪が後ろに垂れ、地面に届きそうだった。髪は濡《ぬ》れていた。洗ったばかりなのだろう。軽く目を閉じたマレーナの顔は、いつになく幸せそうに見えた。

マレーナが片手を顔の上にもっていった。そこには一枚の手紙が握られている。もう一方の手も添えて、上を向いたまま、顔の前にかざして読んでいる。読み終わると、両手で手紙を胸に押し付け、目を閉じて微笑《ほほえ》んだ。

出征している夫からの手紙であることはレナートにも想像できた。

もう一度マレーナを見たい。それも夜、一人で家にいるときの無警戒な彼女を。憧《あこが》れは胸を焦がし、気の弱い少年を大胆にした。

レナートは家族が寝静まるのを待ち、窓から抜け出してマレーナの家へ行った。塀を乗り越え、木に登り、窓の前に立つ。前と同じネジ釘《くぎ》を抜いて目を穴に当てた。

マレーナは居間の奥にいた。黒いスリップ姿でミシンの前に座っている。真っ赤な唇にタバコをくわえ、一心に何かを縫っている。

マレーナの手が止まった。立ち上がると蓄音機のところへ歩いていく。身体を屈《かが》め一枚のレコードに手を伸ばす。その拍子にスリップの肩紐《かたひも》が腕に滑り落ちた。大きくて丸い、眩《まぶ》しいほど白い乳房がレナートの目に飛び込んできた。彼女はすぐに肩紐を元に戻し、乳房は隠された。しかしレナートの目にはいつまでも露《あらわ》になった乳房が焼き付いて離れなかった。

気が付くと音楽が流れていた。

『いけないわ

私の愛が花びらと共に

風に消えてしまうなんて……』

最近流行《はや》りの歌だった。

マレーナは簞笥《たんす》の上から軍服を着た夫の写真を取り、胸に抱き締めた。形の良い脚を交互に振って、サンダルを脱ぎ捨て、目を閉じて微笑みながらゆっくりと踊り出す。少しずつ移動しながら、音楽に合わせて身体を揺らす。ランプの前を通る度に、スリップが透けて太股《ふともも》の輪郭《りんかく》が付け根まで見えた。その上の秘められた部分さえレナートには見える気がした。

レナートは興奮し、鼓動が速くなっていた。股《また》の間では硬くなったペニスがズボンを押し上げている。彼はマレーナの身体を上から下まで、注意深く記憶にとどめた。

マレーナが踊るのを止《や》めた。寂しそうにまわりを見ている。短く楽しい夢は終わってしまった。孤独が彼女を取り囲んでいた。

マレーナは蓄音機を止め、部屋の灯りを消した。写真を胸に抱いたまま、階段を二階へ上がり、部屋に入る。レナートには部屋の中までは見えなかった。けれども、部屋の奥にあるランプに照らされ、彼女の影が入り口の壁に映った。影の彼女はスリップを脱いだ。シルエットが美しいカーブを描く裸体となった。

「でもねえ君、タイトルが分からないんじゃ、どうしようもないよ」

レコード店の店主がカウンターの向こうからレナートに言った。

昨晩、マレーナの家で聴いた切なく甘い音楽はレナートの心に残った。目を閉じると聴こえてくる。そして、ゆらゆらと踊るマレーナの姿が目に浮かぶ。レナートはこづかいをはたいてレコードを買うことに決めた。

「ほら、あのロマンチックで綺麗《きれい》な歌だよ」

レナートは一小節歌ってみせた。

「いけないわ

私の愛が花びらと共に

風に消えてしまうなんて……」

うっとりと目を閉じ、感情を込めて歌った。しかし実際には調子が外れている。店にいた数人の客とレジの女性がくすくす笑った。レナートは赤面した。

「なんだい、〝愛よ消えないで〟だったのか。早く言ってくれればいいのに」

店主はそう言うとレコードが並ぶ棚に手を伸ばした。

「アリーダ・ヴァッリの曲ね！」

レジの女性も言った。

店主は七十八回転の大判レコードを一枚、棚から取り出すとレナートに差し出した。

「レジで十リラ払うんだよ」

しかしレナートはレコードを受け取らずに言った。

「試しに聴かせてくれないの？」

「試さなきゃいかんのか？」

店主が面倒くさそうに言う。

「だって傷があるかもしれないじゃないか」

レナートは頑として言い張る。

「だってこれは新品だよ。しょうがないなあ……」

しぶしぶながらも、店主はレコードを蓄音機に載せた。甘く切ないメロディーが流れ出す。マレーナの家で聴いた曲と同じだ。

「これだ！　間違いない」

レナートは心の中で叫んだ。彼は歌を聴きながら満足そうにレコードを見つめていた。

急いで家に帰ると、レナートは祖父が残した古い蓄音機を自分の部屋に持ち込んだ。慎重にレコードをセットして針を載せる。ベッドの上で、上半身を起こしたまま、目を閉じて曲に聴き入った。

黒いスリップ一枚で踊る、マレーナの姿が目に浮かぶ。ランプに照らし出された太股と見えそうで見えない秘部。レナートの中で、もやもやした感情が頭をもたげた。

レナートはズボンのポケットから小さな本を取り出して開いた。床屋で盗んだ春本だった。ページを繰ると、艶《なまめ》かしいポーズを取った裸の女性が次々と現われる。抵抗し難い力が命ずるままに、レナートの右手がパンツの中に滑り込み、ペニスを握った。片手を頭の後ろに、片手を腰に当て、胸を反らしたヌードの女性を見ながらレナートは手を動かした。絵はいつの間にか生身の肉体に変わり、そしてマレーナになった。顔も身体つきも、彼の良く知るマレーナそのままだ。

気が付くと部屋の入り口にマレーナが立っていた。初めて彼女を見た午後と同じ服を着ている。マレーナは優しくレナートを見つめながら、ベッドの横まで歩いてきた。レナートはベッドを下り、身体が触れる程彼女の近くに立つ。マレーナは黙って立っている。誘うような眼差《まなざ》しでレナートをじっと見つめている。レナートはしゃがんで、ワンピースの裾《すそ》に両手を差し込み左の太股に当てた。ゆっくりと太股を上の方に撫《な》でていく。ワンピースが捲《めく》れ上がりガーターベルトが現われる。ストッキングを留めているクリップで手は止まった。この膨らみにどれだけ憧《あこが》れたことか。しばらく指先で触り、感触を楽しむとクリップを外した。

レナートは立ち上がった。ワンピースの襟を持ち、両側に引き下げ脱がしていく。肩が露になり、胸がはだける。マレーナは一糸まとわぬ姿になった。レナートは両手を乳房にあて、指に少し力を加える。柔らかく、温かい感触が、目眩《めまい》がするような感覚となって、身体の芯《しん》まで伝わって来る。

レナートは手を下ろすと、膝《ひざ》と腰を曲げながら、少しずつ身体を低くしていった。顔が彼女の鳩尾《みぞおち》から腹部、陰毛の茂る丘へと下がっていく。少年の欲望の中心、見たことも触ったこともない彼女の秘部がついに目の前に……。

昂揚《こうよう》が頂点に達し、レナートは弾《はじ》けた。

レナートは学校へ行かない日が多くなっていた。騒がしい生徒たちも、無意味な授業も御免だった。彼は自分の心を持て余していた。
自転車を飛ばして海岸に来た。仲間とふざけあった大きな岩に腹這《はらば》いになる。鞄《かばん》からノートを取り出して広げ、鉛筆を握ると勢い良く書き始めた。
『マレーナ様
僕はあなたに恋い焦がれています。沢山の手紙をあなたに書きました。でもそれを出す勇気がありませんでした。ご迷惑を掛けたくなかったからです。だから今日、この手紙をあなたに届けたとしても、僕を許して下さい。

手紙を届けることに決めたのは、町の悪い噂《うわさ》が気になるからです。あなたには愛人がいると、みんな言っています。でも僕は噂が嘘《うそ》であることを知っています。あなたに愛人なんかいない。もしあなたの人生に、御主人以外の男が入り込むとしたら、それは僕でなければいけない……』


一心不乱に書いていた手が止まった。レナートは不安そうな顔になり、書いたものを読み返した。鉛筆を置くと、書いたページを引き千切って丸め、海に向かって放り投げた。海岸に落ちたレナートの手紙を波が運び去った。


少年たちはいつものように、海沿いの道でマレーナを待っていた。

ササの口笛が鋭く鳴り響く。少年たちは急いで堤防に駆け寄り、並んで腰掛けた。しかしレナートだけは反対方向へ走っていく。

ササの合図があるまで、レナートはマレーナのことを考えていた。彼女の孤独を、町の噂を。あまり集中して考え込んだため、自分が何処《どこ》にいて、なにをしているのかも忘れてしまった。だからササの口笛を聞いた瞬間、あらぬ方向へ走り出してしまったのだ。

「こっちだよ！　どこ行くんだよ、ばか野郎！」

ピネが怒鳴った。レナートは足を止めて振り向いた。あわてて堤防へ駆け寄り、ピネの隣に座る。他の少年たちは笑い転げて彼を見ている。

マレーナが道の奥に現われた。こちらに向かって歩いて来る。

「ちくしょー！　いい女だなあ」

「腰の動きが、たまらないぜ！」

「でっけえおっぱいしてるな」

少年たちの口から卑猥《ひわい》な言葉が次々と飛び出す。

レナートは目を丸くして彼女を見つめていた。今日の彼女はこれまでより綺麗に見えた。近付いて来る彼女を見ているうちに、少年たちの言葉が耳に入らなくなった。その存在さえも消えていく。まるで彼一人がマレーナを見ているような錯覚に襲われた。

マレーナは全く周囲に気を払わず、真直《まっす》ぐ前を向き歩いて来る。半ズボンを穿《は》いた一人の少年が、震えながら自分を見つめていることなど知る由もない。

タニーノが口笛を吹いた。少年たちはそれぞれの自転車に飛びついた。全身の力を込めてペダルを踏む。マレーナより先に着くために。真っ赤な顔に汗が流れる。今日はレナートが列の先頭を走った。ヌオーヴァ門に辿《たど》り着いて自転車から飛び降りる。壁に向かって歩き始めた時、遠くにマレーナが見えた。

「来るぞ！　来るぞ！」

ピネが叫ぶ。全員が大急ぎで道端に並び、ずっとそこにいた振りをする。マレーナが無関心に通り過ぎていく。

レナートは他の少年たちに優越感を持ち始めていた。彼らの知らないマレーナを自分は見ている。彼らよりマレーナに近い存在になった気がした。

マレーナの後ろ姿を見送りながらレナートが言った。

「俺《おれ》、駅に行かなきゃならないんだ。明日また学校で会おうぜ」

他の少年たちもマレーナを見たまま答える。

「じゃ、またな」

「アディオ、レナート」

「道を間違えるなよ！」

レナートは列から離れて自転車を引き起こし、ゆっくりと走り出した。しかし一つ目の角を曲がると、とたんにスピードを上げ、駅とは反対の方向へ疾走し始めた。細い裏通りを全速力で走り抜ける。道端に座っていた女性が、遊ばせていた小さな子供をあわてて引き寄せ、レナートを睨《にら》んだ。そんなことには目もくれず、レナートは裏通りの突き当たりで自転車から飛び下りた。素早く自転車を肩に担いで階段を駆《か》け降りる。また自転車に飛び乗り力の限りペダルを踏む。

やっとリットーリオ通りに出た。マレーナが、あのまま真直ぐ進んでいたらここを通るはずだ。レナートには確信があった。しかしまわりを見ても彼女の姿は見えない。どこかで曲がってしまったのだろうか。レナートは失望のあまり身体中の力が抜けてしまった。自転車を壁に立て掛けると階段に座り込んだ。大きな門から道に降りる階段で、数段しかなかった。

「ちょっと通してくださらない？」

背中の方から女性の声がした。レナートは座ったまま脇《わき》の方に移動した。顔のすぐ横を二本の脚が通り過ぎた。見覚えのある美しい脚。顔を上げて見るとマレーナがいた。レナートは頬《ほお》にスカートの裾が起こす風を感じた。マレーナはレナートを見もせず、道路まで降りると、そのまま歩いていく。数人の兵士がマレーナと擦れ違った。全員が嘗《な》め回すようにマレーナを眺めると、にたにたとだらしなく笑っている。

レナートは自転車を押してマレーナの後ろを歩き出した。気付かれないように、彼女との間隔を十分にとった。

マレーナは町の中心の賑《にぎ》やかな広場に入っていった。広場は人で溢《あふ》れていた。殆《ほとん》どが男性だった。マレーナの姿が現われると、歳も職業も様々な男性が一人残らず彼女に注目する。淫《みだ》らに光った目で、通り過ぎるマレーナを追っている。レナートが悟るのに時間はいらなかった。ここにいる男たちはマレーナを待っていたのだと。

マレーナの跡をつけながら、レナートは男たちを観察した。彼らはレナートの敵だった。

弁護士のチェントルビが、自分の事務所がある建物の前に立っていた。小太りで背が低く丸顔、鼻の下にちょび髭《ひげ》を生やし、頭のまん中が丸く禿《は》げている。五十歳はとっくに過ぎているだろう。チェントルビは新聞を読む振りをしていたが、レナートは新聞が上下逆さまなのに気が付いた。

「チェントルビさん！　測量技師さんがいらっしゃいましたよ！」

二階にあるチェントルビの事務所から事務員が叫んだ。

「待たせておきなさい！」

事務員に怒鳴り返しながらも、チェントルビの目は、丁度前を通り掛かったマレーナに釘付《くぎづ》けになっている。

カフェ・インペーロの店先にはテーブルが並んでいる。そこにはファシスト党の地区幹部、書記官、市長、軍の士官等が座っていた。レナートにはすぐに分かった。町の有力者が、マレーナを眺めるための特等席を独占しているのだ。彼等の視線が一斉にマレーナに集中した。つま先から、頭まで嘗めるように眺めていく。マレーナはテーブルから離れたところを歩いた。男たちの視線を完璧《かんぺき》に無視して。

背の低い中年男がマレーナに近づき、挨拶《あいさつ》した。

「こんにちは、マレーナさん。お元気ですか？」

男はマレーナの父親の掛かり付けの歯医者だった。広場中が歯医者とマレーナに注目している。

「こんにちは、クジマーノ先生」

　マレーナは答えた。

「お父さんの具合はいかがですか？」

　そう言うとクジマーノは、へらへらと笑った。そしてマレーナの手を取ると、甲に嫌らしくキスする。嫉妬《しっと》のこもった視線が歯医者に集まる。クジマーノはマレーナの手に三回もキスし、得意満面で辺りを見回した。

　レナートは刺すような眼差《まなざ》しでクジマーノを見つめていた。彼は歯医者を激しく憎んだ。

　マレーナが再び歩き始めた。無数の視線から逃れるように、やや目線を低くしたまま歩いていく。レナートは教会から地方判事のミストレッタが出て来るのを見た。広場を横切ったところで、丁度マレーナと交差するように、タイミングを計って出て来たのだ。神学生までが司教館の前に並んでマレーナを見つめていた。

　マレーナがふと視線を上げた。レナートは視線の先を追う。二階のバルコニーに空軍士官の制服を着た若い男性が立っていた。背が高く美しい顔だちをしている。彼もマレーナを見ていた。二人の視線がからみ合う。マレーナはすぐに視線を下ろした。それは一瞬のできごとだったが、レナートを不安にするには十分だった。

　薬局の前では店主のファヴッツァがウインドウにもたれ、タバコをふかしていた。何気ない振りをしても目はマレーナを追っている。突然店の中から彼の女房が怒鳴った。

「あんた！　もう女は通り過ぎたんでしょ！　店に入りなさいよ！」

レナートは冷やっとした。その声は間違いなくマレーナにも聞こえたはずだ。しかしマレーナに全く変化は見えない。いつものように無関心に歩き続ける。マレーナは広場を抜け、静かな通りに入った。レナートは用心深く付いていく。通りをしばらく歩いたところで、大きな門の中に彼女は消えていった。

門の内側は狭い中庭になっていた。三方を古い建物が取り囲んでいる。レナートは門の陰から見つからないように覗《のぞ》いていた。正面にある外階段をマレーナは上がっていく。上がり切ったところに玄関があり、マレーナは呼び鈴を押した。中から返事はない。マレーナは苛《いら》立《だ》たしく何度も呼び鈴を押し、ドアを叩《たた》いた。そして人目を気にするかのように周りを見ている。レナートは密会の雰囲気を嗅《か》ぎ、胸がさわいだ。

そのとき、玄関の真上にある小窓がわずかに開いた。だがレナートには中の人物は見えなかった。マレーナは窓に向かい、抑えた声で言った。

「鍵《かぎ》を忘れてきたのよ」

数秒後、窓から手が出て鍵を落とした。マレーナは鍵を拾い、ドアを開けて中に入った。

レナートは嫉妬の炎に苛《さいな》まれた。あてどなく町を彷徨《さまよ》い、気が付くと映画館に入っていた。人気もまばらな場内の中程に座る。しかしスクリーンを見るでもなく、下を向いたまま考え込んでいた。映写機がカタカタ鳴っている。スピーカーから台詞《せりふ》が聞こえてきた。

『噂《うわさ》は全て本当だったんだな！』

『何を言うの？　あなた変だわ』

『俺《おれ》を騙《だま》しただろう？』

『あなたを見ることができない……あなたの目が私を憎んでいるもの……』

『俺を裏切りやがった。お前が売女《ばいた》だということを、最初に見抜けなかった俺もばかだった』

レナートの心境にぴったりだった。しかし彼は下を向いたまま、まだ考え込んでいる。

『何を言いたいの？　私、何も悪いことしてないわ』

『嘘《うそ》つき女め！　今日、子分にお前の跡をつけさせたんだ。お前がどこに行ったのか分かってるんだ。何をしてたのかもな！』

『いやー！』

レナートは顔を上げてスクリーンを見た。そこに映っている男の顔はレナートだった。三揃《みつぞろ》いの背広を着て、円く縁の付いた帽子をかぶり、葉巻きをくわえている。

スクリーンでギャングのレナートが言う。

『男がいるんだろ！　白状しろ！』

相手の女性はマレーナだ。絶望のどん底でレナートにすがりつき叫んでいる。

『うそよ！　誓って言うわ。あなただけを愛しているのよ！』

『浮気者め！』

ギャングのレナートはそう叫ぶと、平手打ちでマレーナの横面を殴った。


今学期最後の日、少年たちの教室では朝の授業が始まろうとしていた。ボンシニョーレ教授が出席を取っている。

「アモローソ！」

「出席！」

レナートは立ち上がって大声で言った。

「カリル・コスタンツォ！」

「出席！」

「ディ・ディーオ！」

教授がササの名前を呼んだ。

ササは立ち上がり、両手で出口を指して言う。

「先生！　娘さんのマレーナにフェラチオしてもらってきていいですか？」

ニコラが素早く立ち上がり、これも出口を手で指して言う。

「先生！　俺は彼女のあそこに、チンチン押し込んでもいいですか？」

続いてタニーノも立ち上がる。

「先生！　俺はケツの穴に突っ込んでもいいですか？」

教授はうなずきながら言った。

「いいけど一人ずつにしろよ」


授業が終わって、生徒たちは鞄《かばん》を摑《つか》むと我先に教室から出て行く。レナートは最上階の階段から下を見ていた。生徒たちは嬉《うれ》しそうに階段を走り降りて行く。レナートだけが怒った顔でそれを見つめていた。視線には敵意がこもっている。

階段は各階と踊り場で折れ曲がって続いており、まん中が吹き抜けになっている。一階で出口に向かう沢山の生徒が、丁度吹き抜けの下を通っていた。レナートは手すりから顔を突き出すと、唾《つば》を吐いた。

細《ささ》やかな意趣返しをすませると、レナートはこのところギイギイと辛《つら》そうな音をたてる自転車を見せにドン・ミミの修理屋へ行った。ミミは自転車を一目見るなり問題を把握《はあく》した。レナートはチェーンに油を差していなかったのだ。道端で自転車を逆さに立て、手でペダルを回しながらドン・ミミが言った。

「お前、油を差す代わりに唾付けてるんじゃないのか？」

「だって油がなくなっちゃったんだもん」

レナートが答える。手には空の油差しを握っていた。

「この前、台所にあった油を差したんだけどなあ」

ドン・ミミは工場に入りながら言った。

「ばか！　こっちこいよ。油やるから。使い古しの機械油を付けなきゃだめなんだよ。グリスがあればその方がいいけどな。グリスの役割知ってるか？　チェーンを滑り易くするんだよ。チェーンだって呼吸しなきゃいけないんだ……」

そのとき、レナートは後方に何かを感じた。不思議な予感だった。振り向いて道の向こうをじっと見ると……マレーナが歩いて来た。

レナートはドン・ミミに返事もせずに素早く自転車を立て直すと、飛び乗って走り出した。平行する道をしばらく走って角を曲がる。大通りに出た時にはマレーナの後ろ姿が見えた。少し離れてレナートも歩き出す。

「見てごらん、スコルディーアが通るよ」

「いつも胸の開いた服を着てるわね」

「ふん、何様だと思ってるのかしら」

道端で建物の陰に座って縫い物をしている三人の女たちの会話が近くを通るレナートの耳に聞こえてくる。ちょうどレナートの母親くらいの年齢の女たちだ。

聞こえているのか、いないのか、マレーナは気に留めた様子もなく、規則的に足を運んでいる。男たちの淫《みだ》らな視線同様、女たちの悪意にも全くとりあわない。

マレーナは町の中心の広場に入った。レナートも後に続く。

広場にある共同井戸に水を汲《く》みにきていた数人の女がいっせいにマレーナを見た。ここでも女たちの顔には憎しみと嫉妬《しっと》がはっきりと表れている。中には胸で十字を切る者までいた。

薬局の女房が店の前で女性客と話している。二人共マレーナより少し年上だ。マレーナが一番近付いたときに女房は言った。

「男はこの女を見て何を考えるんだろうね!」

客も言う。

「派手過ぎるわ、下品よ!」

教会の前にはチェントルビ弁護士の母親と歯医者クジマーノの女房がいた。二人とも暮らしぶりの良さが服装に表れている。しかしマレーナが持つ、スタイルの良さや美しさは持ち合わせていなかった。二人はマレーナを頭からつま先まで眺め、憎らしそうに言った。

「うちの息子は胸に詰め物してるんじゃないかって言ってたわよ」

「うちの主人は頼まれても触らないって言ってるわ!」

一目で娼婦《しょうふ》とわかる派手な女性が向こうから歩いてきた。金持ちそうな老人と腕を組んでいる。いつもは映画館で商売しているジーナだった。三十代の半ばくらいに見える。グラマーな身体《からだ》を最小限の服で隠していた。

チェントルビ弁護士の母親がジーナを顔で示しながら言った。

「実際、ボンタ男爵にぶら下がってる女の方が可愛《かわい》げあるわよ。少なくとも、あの女はこそこそしてないからね」

歯医者の女房は勢い込んで答える。

「こそこそどころの騒ぎじゃないわよ。男爵は毎週あの女と寝にきて、またパレルモまで帰るのよ。それで女は残りの日をシネマ・リットーリオで小銭稼いで暮らしてる！」

「おぉ！　神様、お許し下さい！」

広場のまん中辺りで男爵とジーナ、マレーナが出会い、三人は立ち止まった。他の女たちと違って、マレーナを見るジーナの目に憎しみは無かった。

「こんにちは、スコルディーアさん」

ジーナは気さくに声をかけた。

「こんにちは」

マレーナも挨拶《あいさつ》を返した。しかしそれは距離を保とうとするような、冷たい言い方だった。男爵は遠慮もせず、好色な目でマレーナの身体を眺めている。

突然レナートは自転車に乗り、走った。広場の奥、マレーナが向かうはずの所で自転車を止めた。降りてマレーナを見つめる。マレーナがまた歩き出した。レナートは大きく息を吸い込むと、意を決したように、自転車を押してマレーナに向かって歩いていった。二人はどんどん近付いていく。すれ違う瞬間、わずかな風を感じられるくらい近くをレナートは通り過ぎた。

レナートは振り向き、彼女が細い通りに入っていくのを確認した。自転車に飛び乗って彼女とは違う道を走る。二度曲がると彼女が入っていった道の奥に出た。広場に向かって少し戻ると大きな門の前に着く。マレーナはここを訪ねるために毎日歩いてくるのだ。

中庭を覗《のぞ》くと彼女は階段の上にいた。今日は鍵《かぎ》を持っていた。彼女が鍵を差し込み、回している時、真上にある小さな窓が開いた。マレーナの愛人に違いなかった。レナートは心の中で必死に彼女を引き止めた。しかしレナートの思いも空しく、マレーナはドアの向こうに消えてしまった。

レナートはそのまま引き返すことができなかった。どこにも行きたくない。何もしたくなかった。彼はマレーナの相手を確かめることに決めた。

中庭に入り注意深くあたりを観察する。と、マレーナが入った家の、向かい側の塀に高い鉄の門が付いている。レナートは門によじ登り、塀の上に飛び移った。少し離れてはいるものの、目指す家が正面に見える。中庭に面してベランダがあり、そのベランダに沿った窓の向こうに、マレーナが見えた。彼女は二人分の食事をテーブルに並べていた。隣の窓には、こちらを向いて座り、新聞を読む男が見える。しかし男の顔は新聞で隠され、見えなかった。

「できたわよ!」

マレーナが大きな声で言った。そして男に近付き手を取って立たせようとしている。男が新聞を置いた。それはボンシニョーレ教授だった。マレーナの愛人と思っていたのは、彼女の父親だったのだ。込み上げてくる笑いを、レナートは必死に嚙《か》み殺した。

マレーナは父親に上着を着せながら耳もとで叫んでいる。

「ごはんよ! ごはんっ!」

「ありがとう、マレーナ」

マレーナは父親を支えて食卓に着かせると、コンロに走り寄りガスを消した。レナートは幸せだった。〝愛よ消えないで〟のメロディーが聴こえてきそうな気さえした。

床に落ちた何かを拾うために、腰をかがめたマレーナが突然裸に見えた。

その日の夜も更けた頃、レナートは自分の部屋で上を向いてベッドに寝転んでいた。蓄音機からは〝愛よ消えないで〟の甘く切ないメロディーが流れている。目を閉じているが寝ている訳ではない。片手がパンツの中に差し込まれ動いていた。

レナートは映画『ターザン』の一場面を想像していた。頭の中で、現実よりも鮮やかにジャングルを見ていた。そこでは自分がターザンになり切っていた。

南国風の木の枝にジェーンとなったマレーナがいる。彼女は片側の肩が露《あらわ》になった、丈の短い服を身に着け、両手を広げてターザンを待っている。

「アーアアー」

ターザンとなったレナートは、雄叫《おたけ》びとともに蔦《つた》にぶら下がり、マレーナのいる枝に飛び移る。枝の上で二人はひしと抱き合い、長いキスを交わした。

「ギィーッ！　ギィーッ！」

ベッドの上のレナートが激しく腰を上下に動かし始め、ベッドのスプリングが大きな音をたてる。

レナートは今度は『駅馬車』のジョン・ウエインになっていた。疾走する小さな馬車の座席にクレア・トレバーのマレーナが、両脚を上の方に大きく広げ、足首を両側の窓に掛けて座っている。その股《また》の間に立つジョン・ウエインのレナートは窓からピストルを突き出して、後ろに向かって撃ったかと思うと、マレーナに抱きつきキスをする。追い掛けてくるインディアンが矢を放つ。レナートは馬車の窓から上半身を乗り出してピストルで応酬すると、素早く身体を中に戻し、再びマレーナを抱き締め熱いキスをする。

レナートの腰の動きはどんどん激しくなっていった。あまりに激しく、猛スピードで腰を動かすため、ベッドの上で身体がぴょんぴょん飛び跳ね始めた。込み上げてくる熱いものが頂点に近付いていく中で、レナートは『クレオパトラ』の世界にいた。

おかっぱ頭で、透き通った白いレースを肩から羽織っただけのマレーナが、壺《つぼ》の蓋《ふた》を取る。壺の中にはコブラの代わりに、手の平におさまるくらい小さなレナートが入っていた。マレーナはレナートを優しく手に取り、へその上に押し付け、胸の谷間に持ち上げていく。レナートは大きく盛り上がった乳房の間に挟まれる。

ベッドの上でレナートの身体は右に左に飛び跳ねる。その度に真鍮《しんちゅう》のベッドは大きな音をたてた。

「ギィーッ！　ドシッ！　ギィーッ！　ドシッ！」

レナートのベッドの真下には両親の寝室があった。母親は怯《おび》えた顔で天井を見ている。ピエトロは頭から布団をかぶり騒音に耐えていた。

「ギィーッ！　ドシッ！　ギィーッ！　ドシッ！」

天井が震え、ぱらぱらと埃《ほこり》が落ちてくる。ついにピエトロの怒りが爆発した。

「気が狂ったのか、ばかやろう！　いい加減にしないと目が見えなくなっちまうぞ！」

天井に向かって怒鳴った。

「ギャーッ！」

母親が悲鳴をあげる。

父親の怒鳴り声を聞いてもレナートの動きは止まらなかった。ベッドの上を飛び跳ねながら空想し続ける。

盲目の紳士になったレナートはマレーナの顔を両手で触っている。まるで手触りから相手が誰かを知ろうとしているように。レナートの手が止まって、叫んだ。

「マレーナ！」

4

カステルクトの海に面した広場では、ファシスト党の体育教練が行われていた。青年ファシストの歌がスピーカーから鳴り響いている。運動着に身を包んだ、百人を超す少年たちがきちっと並び、音楽に合わせて体操している。

「右！　左！　両手上げ！」

少年たちの前に置かれた、台の上から教官が号令をかける。

「続けて！　いっち、にっ、さん！　いっち、にっ、さん！」

その時、遅刻したササが少年たちの中に走り込んできた。ササはレナートの後ろに並ぶと、両手を広げてくるりと一回転してみせた。ササの周りの少年たちがどっと笑う。そしてササはいい加減に手足を動かしながら、隣の少年に話しかけた。

「おい、マレーナが未亡人になったって知ってるか？」

レナートは頭をハンマーで殴られたようなショックを受けた。自分の耳が信じられなかった。

ササは話し続ける。

「おやじから聞いたんだよ。おやじは軍の管理局で働いてるからな。死亡通知を見たんだってさ。あの女、オマンコにカビが生えちまうかもな。あはは」

このニュースはまたたく間に少年たちの間を伝わっていった。あちこちから囁《ささや》き声が聞こえ始める。

「マレーナの旦那《だんな》が死んだらしいぜ」

「マレーナが未亡人になったんだってよ」

「スコルディーアの旦那が戦死したってさ」

教練が終わると、レナートは自転車を飛ばし、マレーナの家に駆け付けた。家の周辺にも、庭にもマレーナはいなかった。思いきって玄関の鍵穴《かぎあな》から覗《のぞ》いてみた。しかし人のいる気配はなかった。


町の広場ではマレーナの夫、ニノ・スコルディーアの追悼式が始まろうとしていた。広場に面したファシスト党地区本部の前には、広い舞台が作られていた。本部の建物に吊《つ》るされた、巨大なムッソリーニの肖像画が、舞台を見下ろしている。

「カステルクトの同志諸君！」

舞台の上から、党の地区書記官が話し始めた。

「町を襲った、悲しくも誇り高い出来事を記念するため、本日我々はここに集まった」

広場は人で埋めつくされていた。一般の人々の他に、黒シャツ隊が数十人、憲兵数人、近衛《このえ》兵一分隊、愛国少年団員多数が参加していた。レナートも団の制服を着て、顎紐《あごひも》が付いた黒いトルコ帽をかぶってそこにいた。

「北アフリカ戦線で英雄として散った、ニノ・スコルディーア中尉の御両親に……」

書記官の追悼演説は続いている。舞台の上には、市長、司祭長など町の名士に混じって、ボンシニョーレ教授、戦死したニノの年老いた両親、そしてマレーナと視線を交わした空軍中尉、レオーネ・カディもいた。

「そして深い悲しみに打ちのめされ、この場に出席されていない、故人の伴侶《はんりょ》マッダレーナさんに、深い哀悼の意を捧《ささ》げるものです」

書記官がそう言ったとたん、男たちは周りを見渡した。レナートは、舞台で話す書記官も、それを聞く男たちも悲しそうな振りをしているだけだと見抜いていた。レナートの耳に女性たちの囁く声が聞こえてきた。

「あら、あの女は来てないのね」

「旦那が死んで自由になったのよ。もしかすると喜んでるかもね」

書記官はことさら力を込めて話し続ける。

「しかし我々は彼女がこの場にいると思って式典を続けよう！　なぜならシチリアの女性たちは、その犠牲と貞節をもって我々と共に歩み、戦っているのだから！」

人々はいっせいに拍手した。レナートは、しつこくマレーナに付きまとう男たちを目で探していた。薬局の主人、弁護士のチェントルビ、ミストレッタ判事、夢中で拍手する彼等の顔には、喜びがはっきりと見て取れた。自分にもチャンスが巡ってくるかもしれないと、目を輝かせている。マレーナの夫が死んだ今、彼らはレナートにとって戦うべき恋敵となった。しかし一番手強《てごわ》い敵は、舞台にいるレオーネ中尉だった。興奮した群集の中で、一人彼だけが落ち着いているように見えた。知的で美しい顔には自信が溢《あふ》れている。レナートは近くに立っていた若い三人の女性が話す声を聞いた。

「でも、カデイ中尉っていい男ねえ」

「魅力的だわ！　空軍ですもの」

「彼と結婚する人は幸せね」

その間にも書記官の演説は続いている。

「祖国を守るために散った同志の死は決して無駄ではない！　なぜなら愛と信頼の絆《きずな》に結ばれ、一丸となった我々シチリアの民は、ファシスト帝国を最後の勝利へと導くからだ！」

大きな拍手が沸き起こった。演説はそこで終わり、ファシスト党支部長から戦没者の両親に勲章と名誉賞状が手渡された。そして支部長は群集に向かい右手を高く上げて叫んだ。

「万歳、ドゥーチェ！」

支部長に向かって右手を上げ、叫ぶ群集をかき分けて、レナートは広場の外へ出た。そして頭に載ったトルコ帽をつかみ取り、不機嫌な顔で遠ざかっていった。

広場を出たレナートはボンシニョーレ教授の家に向かった。大きな門から中庭に入り、鉄格子を登って塀の上に立つ。正面に教授の家が見えた。レナートはベランダに面した窓を、ひとつずつ注意して見ていった。しかしマレーナはいない。

がっかりして塀から降りようとした時、ベランダに出るための扉が少し開いていることに気付いた。レナートは身体《からだ》を傾けて思いきり伸ばし、ドアの内側を覗いた。ベッドが四分の一程と、その上に黒いストッキングを着けた脚が見えた。レナートはどうにかして、もっと中を見ようと身体を動かしてみた。しかしドアの隙間《すきま》は狭く、脚以外には見えなかった。

仕方なくマレーナの脚を眺めている内に、レナートの空想がひとりでに展開し始めた。

レナートはベランダからドアを開け部屋に入っていた。黒いセーターに黒いスカートのマレーナが、上を向いてベッドに横たわっている。マレーナは声を上げ泣き続けていた。レナートはベッドの横に行き、両膝《りょうひざ》をついた。手を伸ばしてマレーナの涙を拭《ぬぐ》い、優しく髪を撫《な》でる。レナートの顔がマレーナにかぶさり、二人の唇が重なった。長いキスの後でレナートは低いかすれた声で言う。

「これから先は僕があなたの側にいます。決してあなたを放しません。約束します。ただ少しだけ、大人になるための時間を下さい」

　マレーナは両手を伸ばしてレナートにしがみつき激しく泣いた。レナートも彼女を抱き締めた。

　塀の上のレナートは、目を閉じ、両手を自分の身体に回して長い間立っていた。


　イタリア・ファシスト党の地区本部にあるサロンで、レナートは仲間とトランプをしていた。レナートのいる喫茶室にはテーブルと椅子《いす》が並び、少年から年寄りまで、沢山の男たちがトランプやチェスで遊び、おしゃべりを楽しんでいた。そこに繋《つな》がった隣の部屋にはビリヤード台が置かれていた。

　台を囲んで五人の男が玉を突いている。その中には騎士勲章を授与された証《あか》し、カヴァリエーレの称号を持つカルナッツァとファシスト党の地区書記官もいた。

　カルナッツァが左手を台の上に置き、キューを握った右手を身体の後ろで前後させ、白球を睨《にら》みながら言った。

「こうなったら愛人を作るに決まってるよ。すでに男の味を知ってる女だからね。男なしでいられるはずないだろう」

　言い終わると、思いきり玉を突いた。

レナートはトランプそっちのけで、大人たちの会話に耳を傾けた。

軍服を着た男が玉の位置を研究しながら言う。

「俺《おれ》たちが声をかけるのを待ってるとでも言うんですか？　あの美人は二十七歳なんですよ。もう男がいるに決まってますよ」

ウエイターが飲み物の入ったグラスを持ってレナートのところへ来た。

「このシャンパンをカルナッツァさんに持っていってくれ」

レナートは立ち上がるとグラスを受け取り、マレーナの噂話《うわさばなし》を続ける男たちを睨みながら、ビリヤード台に近付いていった。

「歯医者のクジマーノは彼女のせいで錯乱したとか」

書記官が話している。

「この前、市長の歯を治療している時に彼女が窓の外を通り過ぎた。そしたら虫の食った前歯の代わりに健康な犬歯を抜いたらしいぞ」

台の周りにいた男たちは大声で笑った。

レナートは立ち止まってコップの中に唾《つば》を吐き、カルナッツァのところへ行って、それを渡した。カルナッツァは、ちらっとグラスを見ると手に取った。

「しかし歯医者じゃなくても心配になるじゃないですか。近頃まったく外に出てないようですよ」

台の横に立っていた若い男が言った。

「それは忙しくて、外に出る暇がないという証拠だよ」

カルナッツァはそう答えると、卑猥《ひわい》な身振りをして見せた。

他の男たちが大笑いする間に、カルナッツァはグラスの酒を一気に飲み干した。


レナートに心休まる日はなかった。後期中等学校の図書室に本を借りにやってきた彼は、ここでもマレーナの噂話を耳にした。

「カターニアの商売人とできてるらしいわよ。その男は過激派だっていう噂もあるわ」

「あら、私は歯医者のクジマーノが愛人だって聞いたわよ」

話しているのは天井近くまで本がぎっしり並んでいる図書室の大きなテーブルに座った三人の女性教授たちだった。部屋には他に誰もいなかった。二人はおよそ四十代、もう一人は五十は超しているように見えた。入り口が開いたままになっていて、レナートにも話し声が聞こえたのだ。

レナートはとっさに入り口の横に隠れた。丁度そこには外套掛《がいとうか》けがあり、上着が何枚かとハンドバッグが一つ、ぶら下がっている。レナートはその隙間から図書室の中を覗《のぞ》いた。

「結婚して子供までいる男と？　なんて恥知らずな女でしょう！」

一番年上の女性教授がヒステリックに言った。

「生まれつきの売春婦なんでしょう」

口を曲げて笑いながらもう一人が答える。

「憲兵隊の詰め所に、スコルディーアの愛人はあの男だとか、この男だとか書いた投書が毎日山のように届くらしいわよ。郵便配達は迷惑だって」

「民衆の声は神の声ね」

三人は声を揃《そろ》えて笑った。

レナートは目の前にぶら下がっているハンドバッグの口を開け、ズボンを引き下ろすと中に小便をした。

日曜日の朝、レナートは早起きして教会へ行った。まだミサも始まっておらず、誰もいなかった。大きな古い教会の内部は、正面入り口から主祭壇へ続く中央部分と、左右の側廊を分けるように太い円柱がならんでいた。それぞれの円柱の横には、木や石膏《せっこう》で作られたキリスト、マリア、聖者の像が置かれ、その前にロウソクを立てる台がある。

レナートは入り口から一番近い像の前に立ち、じっと見つめる。信者が立てていったロウソクが台の上で燃えており、暗い教会の中で聖者の像を赤く照らしている。それは聖ヨセフの像だった。

「うーん、有名すぎるな」

そうつぶやくとレナートは次の像に移った。それは聖母マリアの像だった。

「女じゃだめだ」

レナートは次に進む。老人の聖者だった。

「きっと年寄りに俺の気持ちは分からないな」

レナートは難しい顔で眺めたあげく、やはり先に進んだ。

なかなか気に入る像が見つからず、レナートはどんどん奥へと進んでいった。十くらいも見た後に、主祭壇の近くでついにレナートは好みの像を見つけた。優しい顔をした若い聖者だった。レナートは聖者の顔をじっと見つめ、低い声で話しだした。

「これから話すことは誰にも言ったことがない。恥ずかしくて人に言えない秘密なんだ。でもお前は気に入ったから信用して話すよ」

レナートは上着のポケットからロウソクを一本取り出し、聖者に振って見せてから、火をつけて台に供えた。

「明日から毎日ここに来て、お前にロウソクを供えてやるよ。もしお前が望むなら、毎週日曜日のミサに来てもいい。そのかわり、お前は俺のためにカステルクトの男たちをマレーナ・スコルディーアから遠ざけるんだ。あの有名な未亡人だよ。少なくとも数年の間はそのままにしておくんだ。そしたら後は俺が面倒みるから」

シネマ・リットーリオの場内には数えるほどしか客がいなかった。百くらいある座席にぽつりぽつりと散らばって座っている。中央と両端の壁際は通路になっていた。

丁度まん中あたりにジーナが座っていた。今日はボンタ男爵が来ない日なのだろう。ジーナは大きく胸元が開いた服を着て、真っ赤な口紅をつけていた。その列には他に誰も座っていなかった。

ピネとニコラがレナートの腕を両側から抱え込み、左端の通路をスクリーンの方から引きずっていく。他の仲間はジーナのいる列の左側に立っていた。レナートは抵抗の甲斐《かい》もなく、そこまで引きずられてきてしまった。逃れようともがきながらレナートが必死で訴える。

「俺は行きたくないってば。お前らが行けばいいじゃないか」

ピネが小声で答える。

「俺たちは、みんなもう済んだんだよ。残るはお前だけだ」

「何もしなくていいんだぜ。隣に座って待ってれば、ジーナが全部やってくれるんだ」

ニコラが言った。

少年たちはジーナが座る列にレナートを押し込んだ。レナートは、おどおどしながら、狭い座席の間をジーナの方に移動していく。しかし一メートルくらいまで近付くと、急に後戻りし始めた。だが、少年たちは列の出口に立ち、レナートをジーナの方へ押し戻す。

そのとき、後ろの方から声が飛んだ。

「じゃまだ！　見えないぞ！」

しかたなくレナートはジーナの方へ、のろのろと向かっていく。隣の席まで行き、立ちすくんだ。

「すみません、ちょっと通して」

レナートはそう言うと、ジーナの膝《ひざ》の前をすり抜けた。

「どうしたの？　映画が気に入らないの？」

ジーナが言った。しかしレナートは答えずに、中央の通路を出口へ走った。

「ばかやろう！」

仲間の叫ぶ声が場内に響いた。


映画館から出たレナートは自転車に乗って家に向かっていた。商店やカフェの立ち並ぶ大きな広場を横切って走る。広場の中程まできたとき、甘い香りがレナートの鼻をくすぐった。かすかな匂《にお》いが風に流され、鼻先を通り過ぎただけだったが、レナートにはそれで十分だった。自転車を止めて、香りの方向を目で探る。彼女がそこにいた。

マレーナは広場に面した服屋から出てきたところだった。服屋の主人と店員が店の前で見送っている。主人は背が低く頭の禿《は》げ上がった風采《ふうさい》の上がらない中年男で、店員はまだ若かった。二人とも、へらへらと嫌らしく笑いながら、腰をかがめたり手を振ったりしている。離れていくマレーナに主人が声をかけた。

「奥様に御利用いただいて誠に光栄です。有り難うございました」

そして最後に付け加えた。

「御主人の御冥福《ごめいふく》をお祈り致します」

服屋の主人は得意満面の顔つきで右手を高く上げた。

若い店員も大声で言った。

「御冥福お祈りします！」

マレーナはまだ寡婦の装いだった。黒い大きなシルクのスカーフで頭を覆い、品の良い黒いウールのジャケットから胸元は素肌が出ている。膝までの黒いタイトなスカートに、黒いストッキング、黒い靴を履いていた。

久しぶりに見るマレーナは今までにも増して美しかった。レナートは立ちすくんだまま、彼女に見とれていた。しなやかな足取り、弾力を感じさせる腰、真直《まっす》ぐ前を見て歩く姿は気品に溢《あふ》れている。

服屋の主人と店員も、入り口の前に立ったまま、マレーナの後ろ姿に見とれていた。店員が舌を鳴らして言う。

「チェッ！　いいケツしてるなあ……ねえ、旦那《だんな》！」

「エー！」

主人は意味不明の声を上げた。

レナートの頭に血が上った。店に入っていく二人を睨《にら》みながらつぶやく。

「ブタ野郎……」

自転車から降りると店に近付いていった。途中でこぶし大の石を一つ拾う。店の主人と店員は、すでに入り口の戸を閉めて中に消えている。レナートは二メートルくらいまで近付くと、戸の上半分にはまっている磨《す》りガラスに石を投げ付けた。

「ガシャーッ！」

大きな音と共にガラスは砕け散った。

レナートは急いで自転車に走り寄って引き起こし、飛び乗るとヌオーヴァ門に向かって走り出した。従軍する若者を、荷台から溢れそうなくらい積んだトラックが、丁度広場を横切っていた。トラックの後ろから母親たちが、別れの言葉を叫びながら追い掛けている。

「病気するんじゃないよ！」

「元気でね！」

「手紙待ってるよ！」

あわてて店から飛び出した主人と店員が、逃げるレナートを見つけて走り出す。レナートはトラックの後ろを走る人に紛れて逃げ去った。

5

マレーナがドアを開け、家の中に消えていった。レナートは道路を隔てた堤防に座って、それを見ていた。広場から逃げ出したレナートは、真直ぐマレーナの家に行き、帰りを待っていたのだった。

レナートは家に向かって道路を渡り始めた。軍港に続く道のため、兵士を乗せた車が忙しく行き来していた。レナートは、マレーナが消えていった戸口を見据えたまま道路を横切っていく。レナートの前でドイツ軍のジープが急ブレーキをかけて停まり、激しくクラクションを鳴らした。

玄関の前まできたとき、右手の庭の方でドアが開く音がした。レナートは庭を囲む塀に作られた鉄格子の門に走り寄り、隙間《すきま》から覗《のぞ》いた。家から出たマレーナが、庭の奥にある小さな畑に向かって歩いていた。片手にアイロンを持っている。畑の前まで来ると手を前方に伸ばし、アイロンを左右にくるくる回した。アイロンの側面に開いた長方形の穴から灰が飛び散る。

突然マレーナの動きが止まった。じっと前を見つめたまま考え込んでいる。レナートが見たことのない厳しい表情だった。息をつめて覗いているレナートは、ずいぶん長い時間が経ったと思った。しかし実際にはほんの数秒のことだった。

マレーナが手を開き、アイロンが畑に落ちた。彼女の顔つきが変わっている。何かを決意した、ふてぶてしい表情だった。マレーナはアイロンに見向きもせず、家の方へ戻っていった。

そのとき、レナートの目に竿《さお》にかけて干してあった洗濯物が映った。黒いパンティ、黒いストッキング、黒いスリップ、彼女の肌の温かみが伝わったものばかりだ。レナートが憧《あこが》れる、彼女の隠された部分に直接触れたものたち。

レナートは塀を越えて庭に降り、洗濯物に走り寄る。黒いパンティを摑《つか》むと全速力で走り去った。

その夜レナートは、夕食が終わるといそいそと自分の部屋に閉じこもった。何をするかは、すでに決まっており、その準備に取りかかった。

ベッドにかかっていた布団を丸めて床に落とす。その下にあった薄いマットレスも抱え上げて、ベッドの向こう側へ落とす。そこまでやると、修理屋がくれた機械油の入った油差しを手に取った。レナートはベッドの枠に上がると、その内側に並ぶたくさんのスプリングに、ひとつひとつ油を差していった。

次に、マットレスと布団を戻し、ベッドを整えたところで、蓄音機にレコードを載せた。甘く切ないメロディーが流れ始める。

『いけないわ
私の愛が花びらと共に
風に消えてしまうなんて……』

レナートは昼間盗んだ黒いパンティを取り出すとベッドに寝転んだ。薄いシルクの生地を両手で顔に当て大きく息を吸い込んでみる。彼の知るマレーナの香りが、かすかに匂う。手で押さえ唇に押し付ける。マレーナの下腹部の茂みにキスしているような気がした。

レナートの右手がパンツの中に滑り込んだ。ペニスを握り、腰を動かし始める。顔に当てたままのパンティに頰《ほお》ずりしながら、腰を激しく上下に動かす。空想の中でレナートは、マレーナの柔らかく滑《なめ》らかな腹部に顔を載せていた。

レナートはベッドの上でバッタのように飛び跳ねていた。しかし油を差したベッドは小さな音しか立てず、レナートの空想を邪魔することはない。頂点に上りつめる瞬間、レナートは映画『嵐《あらし》が丘』の一場面を空想していた。キャシーになったマレーナが全裸で、ローレンス・オリビエの代わりにレナート扮《ふん》するヒースクリフの腕に抱かれている。

レナートのヒースクリフが言う。

「命をかけたものが失われて生きてもいけない、魂が失われて死ぬこともできない」

雨戸の隙間からレナートの部屋に朝陽が差し込んでいる。遠くで雄鶏《おんどり》のなく声が聞こえた。ドアが開きピエトロが入って来た。

「レナート、起きろ。遅れるぞ！」

ピエトロは声をかけながら雨戸を開けた。窓から溢れるまぶしい光がレナートを照らした。

「レナート起きろ！　レナ……」

突然ピエトロは声をなくし、レナートをじっと見つめる。レナートは黒いレースのパンティを、顔にかぶったまま寝ていた。

ピエトロはゆっくりベッドに近付くと、パンティをめくってレナートの顔を確かめる。そして平手でレナートの顔を殴った。

「ギャーッ！」

レナートが悲鳴とともに目を覚まし身体《からだ》を起こした。父親は怒鳴りながら殴り続ける。

「おい、こら、お前はなにものなんだよ？　下着崇拝者か？　サドマゾ信仰か？　変態か？　それともオカマかっ！」

「やめてくれよ、父さん！」

叫びながらレナートは、なんとか父の手を振り切り、部屋を出て階段を駆け降りる。降りきったところで母親のローザとぶつかった。母親は亭主の怒鳴り声を聞いて、なにごとかと慌てて駆け付けたのだった。レナートは頭にまだパンティをかぶっていた。それを見た母親が絞め殺される雌鳥《めんどり》のような悲鳴をあげる。

「ギャーッ！　おお、マリア様」

「フランス製の帽子だよ、母さん」

レナートはとっさに言い訳する。母親は片手でレナートの頭からパンティを剝《は》ぎ取り、顔に近付け、じっと見るなりヒステリックに泣き出した。

「なんて恥ずかしいんでしょ！　なんて恥ずかしいんでしょ！」

そしてレナートに平手打ちを食わせる。

ピエトロはまだレナートの部屋にいた。布団を剝ぎ、シーツを裏返し、他にも何かないかと探していた。シーツは精液の染みだらけだった。

「気持ち悪いな、あのばかが！　染みだらけじゃないか！」

レナートの妹二人と姉が騒ぎを聞き付け部屋から出て来た。十代半ばで、色気付き始めた姉が、母親の手からパンティを取って広げながら言う。

「まあ素敵！　私がもらっていい？」

「ばか！　こっちによこしなさい！」

母親はパンティを摑み取り、娘に向かって手を振り上げて叫んだ。

そのとき、ピエトロが階段を走り降りてきた。そのまま凄《すご》い勢いで、娘たちを台所の方に突き飛ばしながら怒鳴る。

「なんだ、ここは劇場か！　お前ら何見てるんだ？　あっちへ行け！　お前らに兄弟がいることは今日限り忘れろ！」

三人の娘は怯《おび》えて台所の方へ消えていった。レナートも走り出し、父親の横をすり抜けて逃げようとした。しかしピエトロは片手でレナートを捕まえ、もう片方の手で耳を摑《つか》むと階段の方へ引っ張っていった。

「お前はどこへ行くつもりなんだ？　こっちへこい、不良め！」

「俺《おれ》が何をしたっていうんだよ！」

引きずられながらレナートが叫ぶ。

ピエトロはレナートを引っ張って階段を上がりながら怒鳴り続ける。

「豚野郎！　お前は今この瞬間から、俺たちと一緒に飯を食うことはならん！　わかったか？　返事しろ！」

「わかった！　わかったよ！」

階段の上まで来ると、ピエトロはレナートを部屋の中に突き飛ばして言った。

「それからな、妹にも姉にも絶対に言葉をかけるんじゃないぞ！　わかったか！」

ピエトロは乱暴にドアを閉め、鍵《かぎ》をかけた。

母親はトイレで泣きながらパンティを引き裂いていた。

「ヒィーッ！　ヒィーッ！」

気が狂ったように喚《わめ》きながら、何度も引き裂く。そしてボロボロになった布切れを集めて片手で持ち、火をつけて便器に投げ捨てた。

「ヒィーッ！　神様お許し下さい。なんて息子を産んでしまったんだろう！」

そしてロウソクを灯し、壁に貼《は》ってあったキリストの絵に供えた。

ピエトロは長い梯子《はしご》を持って家の外に回り、レナートの部屋がある壁に立て掛けた。数枚の板と金槌《かなづち》を持って梯子を上がっていく。窓の高さまで上ると中に向かって叫んだ。

「俺がいいと言うまで、お前はこの部屋から一歩も出てはいかん！　わかったか！」

雨戸を閉めるとその上に板を何枚も打ち付けた。

ベッドの上に座っていたレナートも言い返す。

「上等だー！　閉じ込めろよ！　今に見てろ！　殴ればいいと思いやがって！」

そしてレコードを蓄音機に載せ、ボリュームを最大にした。

レナートの部屋の前に泣き腫《は》らした目をして母のローザが立っていた。中からは〝愛よ消えないで〟のメロディーに重なって、ぶつぶつ言うレナートの声が聞こえている。

「……甘く、冷たく、澄んだ水。そこで私だけに彼女は、その美しい身体を……」

母親は心配しきった顔でドアに向かって叫んだ。

「レナート！　スープだけでも飲んでちょうだい。身体をこわすわよ！」

ドアの前には、すっかり冷めきった夕食が並んでいた。

レナートは返事もせずにペトラルカの詩の一節を読み続ける。

「私が嘆きと共に思い出すことには、彼女が愛したあの場所で、木を円柱にたとえ……」

母親は諦《あきら》めて階段を降りていった。

レナートは部屋から出たかった。マレーナのことが心配で、どうしても様子を見に行きたかった。そこで、学校の教材になっている文学書を、声を出して読み続ける作戦を考えだした。食事も取らないことに決めた。気が違って真面目《まじめ》になった少年なら、安心して外に出してくれるかもしれないと考えたのだ。

母親は台所へ行くと小さなテーブルの前に座り、レナートの半ズボンを繕い始めた。ピエトロが台所の角にあるガス台の前にいた。

「ピエトロ、今日も食べてないわ。もう三日になるんですよ」

ピエトロは、ガス台に載っている小さな鍋《なべ》から、黒い液体をカップに注ぎながら答える。

「その方がいいんだ。ソ連じゃ誰も飯なんて食わないらしいぞ」

そしてコップの液体を一口飲むと、すぐに吐き出した。

「プワッ！　何だこの気持ち悪いものは？」

「コーヒー代わりの大麦もなくなったから、イナゴマメで作ったんですよ。コーヒーに似た味がするってみんな言ってますよ」

縫い物を続けながら母親が答えた。

「ペッ、ああ、似てる似てる。俺とヴィットリオ・デ・シーカくらい似てるな」

口に残った液体をコップの中に吐き出しながらピエトロが言った。

「今じゃまともなものなんて何もありませんよ。このポケットを見て下さい」

母親は縫っていた半ズボンをピエトロに見せた。裏返しになった半ズボンは、ポケットの生地が裂けていた。

「縫っても縫っても破けちゃうんですよ。自給自足政策になってからの糸って、ほんと弱くてだめね」

ピエトロは半ズボンを手に取り、ポケットに手を突っ込んでみた。手は裏側に抜け、手首に半ズボンがぶら下がった。ポケットから出た指を動かしながらピエトロが言う。

「お前、この穴に自給自足政策は関係ないよ。あの豚野郎はペトラルカを読みながら、手をポケットに突っ込んで、手首の運動してやがるんだ」

ピエトロの手を眺めながら母親が聞く。

「それはどんな運動なんですか?」

ピエトロは周りを見渡し、トマトやきゅうり、茄子《なす》の入った籠《かご》を見つけると、そこから茄子を一本取った。片手で茄子の下を持って立て、半ズボンをぶら下げた手を輪にして茄子にかぶせ、上下に動かしながら言う。

「これでわかったか？」

しかし母親は無表情で答える。

「いいえ、わかりません」

うんざりした顔でピエトロが言う。

「その方がいい。とにかく、もうポケットを繕うな。閉じてしまえ！　ポケットなんていらん！」

しかし母親はあくまでも息子に優しい。

「そんな可哀想《かわいそう》な。ポケットがなくちゃ困りますよ」

ピエトロは絶望したように叫んだ。

「ポケットなんて、なくても死なないんだよ。ない方が健康にいいんだ！」

翌日の午後、レナートの悪友たちが家の下に並んで立ち、レナートの部屋の窓を眺めていた。五人ともいつになく真面目な顔をしている。板を打ち付けた窓からは、〝愛よ消えないで〟のメロディーに混じって、レナートの声が聞こえてくる。その日はジャコモ・レオパルディの詩の一節を音読していた。

「……あなたが作業に熱中している時、あなたは自分の未来を考え、満足していた……」

「気が狂っちまったのかなあ？」

心配そうにササが言った。ピネは片手を腰の前に出して、輪を作り前後に動かしながら言った。

「俺は、やりすぎで脳にきたんだと思うぜ！」

少年たちは大声で笑った。

レナートの母親が建物から出て来た。道路の端に立ち誰かを待つように、遠くをじっと見ている。しばらくすると一人乗りの馬車が現われ、母親の前で止まった。見ていた少年たちが騒々しく口走る。

「お、医者だ。医者だぞ！」

馬車から降りた初老の医者はレナートの母親と建物に入っていった。その後ろを追い掛け、少年たちも入っていく。

レナートは上半身裸でベッドに座っていた。青白い顔をし、目には隈《くま》ができている。医者は聴診器をレナートの背中に当て、その位置をずらしていった。しかしレナートはベッドの上に本を開き、声を出して読み続けている。

「……しばしば私は学問と書物をおざなりにした。それらのお陰で私は人生最良の時を過ごしたにも……」

母親は心配そうな顔でベッドの横に立っていた。父親は少し離れて無関心に窓の方を見ている。半分開いた部屋のドアから五人の少年とレナートの姉妹たちが顔を覗《のぞ》かせていた。聴診器を当て終わった医者が顔を上げた。みんなが、いっせいに医者の顔を見る。

「新鮮な空気を吸った方がいいですな」

医者が言った。

一瞬間をおいてからピエトロが言う。

「空気？」

「そう新鮮な空気です」

ぽかんとした顔で医者を見ていたレナートの母親が大声で叫んだ。

「新鮮な空気！」


レナートは満面に笑みをたたえ、自転車を漕《こ》いでいた。医者が帰った後、レナートをまた部屋に閉じ込め、鍵《かぎ》をかけようとした父親に、母親が強硬に反対した。母親はピエトロが何を言っても、今度ばかりは引き下がらなかった。最後にはピエトロが諦《あきら》め、レナートは自由を取り戻した。

青白い顔をしたレナートは、マレーナの家に向かって自転車を走らせた。ヌオーヴァ門を抜け、砂利道を疾走する。しかしマレーナの家が見えるところまで来ると、急に自転車を止め、顔をしかめた。

家の周辺は見なれた顔でいっぱいだった。いつもマレーナにまとわり付き、嫌らしい目で嘗《な》め回す男たちが、何気ない顔をして歩いている。レナートはゆっくり自転車を走らせながら、一人ずつ観察した。彼らは誰一人として、レナートに注意を払う様子はなかった。

薬局の主人が道を横切っている。歯医者のクジマーノとチェントルビ弁護士は、家の前ですれ違い、しらじらしい挨拶《あいさつ》を交わした。ヌオーヴァ門の方からバイクが走ってくる。見るとそれは空軍中尉のカデイだった。反対から走って来た車にはファシスト党書記官が乗っていた。

彼等の顔は希望で光っていた。マレーナが家から出てきたところで、声をかけて誘えるかもしれないと期待しているのだ。ミストレッタ判事までが車で前を通りかかった。判事は窓から、家の玄関をじっと見ていた。

6

「エスト　ノミネ　クム　セ　コジタ　エッセ　ピウム……」

少年たちの教室ではラテン語の口答試験が行われていた。教室の一番前に大きめの机があり、生徒たちに向かってボンシニョーレ教授が座っている。教授の机を囲むように、左側にササとレナートが、反対側にはもう二人の生徒が立っていた。残りの生徒は自分の席に座っている。

ササがカトゥルスの詩の一節を唱えているところに、用務員が入って来た。

「おはようございます、教授！　お手紙をお持ちしました！」

用務員は教室に入ったところで、足を揃《そろ》えて右手を上げ、大声で言った。そして教壇に近付き、一枚の手紙を教授に渡し、耳もとで怒鳴った。

「大至急と書いてあります！」

用務員は教室から出ていった。教授は何ごとかと驚いて、すぐに手紙を開き、読み始める。ササはまだラテン語を唱えていた。

「シクア　レコルデンティ　ベネファクタ　プリオーラ……」

唱えながら教授の後ろに回り、手紙を覗《のぞ》き込んだ。

『あなたの名誉は失われた。

あなたの御息女であるマレーナさんが汚らわしい男たちを相手に売春してます。

友人より』

手紙はマレーナを告発するものだった。

教授は顔の前に手紙を広げたまま、じっと動かなかった。

レナートも手紙を覗こうと努力したがササが邪魔で見えない。腹立ちまぎれに、ササに肘鉄《ひじてつ》を食らわせた。ササは暗唱するのをやめ、レナートを膝《ひざ》で蹴《け》る。

教授が立ち上がり、何も言わずにふらふらと教室から出ていった。座っていた生徒たちが、いっせいに立ち上がり、ササの方に近寄っていく。ササは生徒たちの方を向いて叫んだ。

「おい、すごいぞ、匿名の手紙だ！　マレーナが汚らわしい男相手に売春してるって書いてあったぞ！」

「おー！　じゃあ俺《おれ》たちにもチャンスがあるぞ！」

アゴスティーノが興奮して言うと、生徒たちは笑い転げた。

レナートの身体《からだ》に怒りが込み上げて来た。その怒りは騒ぎを起こした張本人のササに向けられた。レナートはササに近寄ると膝蹴りを腹にみまった。

「これで、おあいこだ」

レナートが言い終わらないうちに、ササの逆襲がきた。レナートに蹴られて、後ずさりしたササが、弾《はじ》かれたように前進し、レナートを突き飛ばした。レナートは床に倒れた。その上に馬乗りになってササが言う。

「なにがおあいこだ、半ズボン野郎！　頭を叩《たた》き割ってやる！」

レナートは下から手足を突き上げ応戦する。二人の身体は組み合ったまま、二転、三転した。

生徒たちは大喜びで取り囲み、はやしたてる。年下で身体も小さいレナートを応援する生徒が多かった。

怒りはレナートに、ササと対等以上に戦えるほどの力を与えた。ササを組み敷き右手を振り上げる。生徒たちからレナートコールが沸き上がる。

「レッナート！　レッナート！」

生徒たちの声に酔ったレナートは、いつしか古代ローマの巨大な円形競技場で戦う剣闘士になっていた。ササである敵の上に馬乗りになり、胸に槍《やり》を突き付け、まさしく止《とど》めを刺そうとしている。まわりを取り囲む階段状の観客席では、満員の観客が拳《こぶし》から突き出した親指を下に向けて「殺せ！　殺せ！」の大合唱が起こっている。

レナートは観客席の一点を見つめた。そこには女帝マレーナが、沢山の付き人を従え、片肘を立てて横になっていた。彼女は胸と腰にシルクの布を巻いている。大きく上下に揺れる乳房が興奮を表していた。レナートの強さにうっとりと見とれている。マレーナはレナートの視線に気付くと、片手を握って前に出し、突き出した親指をゆっくりと下に向けた。レナートは自分の下でもがく男に目を移した。ササの顔が恐怖で引きつっている。レナートは槍を持つ手に力を加え、ササの胸に食い込ませた。

ボンシニョーレ教授に届いた匿名の手紙はレナートを悩ませた。彼はマレーナが売春などするはずがないと信じてはいたが、心の中に播《ま》かれた疑いの種は育つばかりだった。

夜を待ってレナートはマレーナの家に向かった。遠くから爆撃の音が聞こえてくる。明るい満月が道を照らしてくれた。

いつものように木に登り、窓の前に飛び移る。釘《くぎ》を外して目を当てた瞬間、「ヒッ！」と小さな声を上げてレナートは飛び上がった。

家の中では、空軍のレオーネ・カデイ中尉がマレーナとソファーでくつろいでいた。二人は見つめあって話している。

「今夜は素敵だったよ」

カデイが言った。

「そう、とても素敵だったわ」

微笑《ほほえ》みながらマレーナが答える。レナートが空想の中で見るのと同じ微笑みだ。

レナートはカデイが、いつからここにいるのか知りたかった。目の届く限りを見渡してみる。箪笥《たんす》の上には、まだ紙に包まれた花束が載っている。二人の前にあるテーブルの灰皿は吸い殻でいっぱいだ。その横には、半分程入ったワインのボトルとグラスが二つ。奥の方に目をやると、食卓の上に、短くなったロウソクと、二人が食事をしたあとが見えた。そしてなによりも、カデイの髪は乱れており、寝室のドアが開いたままだった。

二人の間に何があったのかを、レナートは知った。

爆撃の音が急に大きくなった。カデイがそれに気付き、マレーナに言う。

「残念だけど、もう兵舎に戻らなくてはいけない。でも、できるだけ早く、また君に会いたい」

マレーナはカデイの手を取りながら答える。

「私もよ。あなたさえよければ、明日きて」

「うん、いいよ。もし兵舎を抜けられたらね」

立ち上がりながらカデイが言った。

「お花をありがとう」

言いながらマレーナも立ち上がる。

「そんなもの君のためなら……」

カデイはマレーナを抱き締め、唇を重ねた。マレーナもカデイの身体に両手を回し、二人は長い間そのままでいた。

レナートは絶望して見ていた。何ができるというのか。ふとレナートは片手を上げ、人さし指と親指でピストルの形を作り、窓の穴からカデイの頭を撃った。

二人は玄関に向かって歩き出した。レナートは素早く木の枝に飛び移ると、猿のように走り、幹の反対側の枝に移って先の方へ行き、外から玄関が見える位置を確保した。

玄関の扉が開き、カデイが出て来た。一歩外に出て振り返り挨拶《あいさつ》する。

「じゃあ、また明日」

「おやすみなさい、レオーネ」

戸口からマレーナが言った。

カデイは歩き出した。しかし数歩行ったところで振り返り、未練がましく手を振った。

マレーナはそれには応《こた》えず、突然怯《おび》えた顔になり、中に入るとドアをバタンと閉めた。

闇《やみ》の中から、小太りで背の低い男の姿が浮かび上がり、近付いてくる。レナートは目を凝らして見つめた。歩き去るカデイと太った男が交差する。驚いたことにカデイは愛想よく挨拶した。

「こんばんは！」

「何がこんばんはだ！　俺の婚約者に付きまといやがって！　よくそんなことができるも

んだ！」

背の低い男は、両手を振りながら喚《わめ》いた。

「え？　なにかの間違いでしょう。私は彼女から招待されたんですよ」

カディ中尉はしらっと答える。

「嘘《うそ》つき！　この悪党め！」

背の低い男は言いざま、手の甲でカディの顔を打った。

「あっ！　このやろう……制服を着てここで騒ぎを起こす訳にはいかないから、今日のところは見のがしてやる。しかし今度会ったら、必ず決着をつけるから覚えとけよ！」

打たれた頬《ほお》をなでながらカディが言う。

「上等だ！　今この場でつけてやる！」

そう叫ぶと、背の低い男は、右腕を身体の後ろから思いきり回し、平手でカディの頬を殴った。一瞬よろめいたカディは「ウォー！」と叫びながら、背の低い男の、顔のまん中を拳骨《げんこつ》で殴りつけた。男は背中から地面に転がった。しかしすぐに、片手をついて身体を半分起こしながら喚き散らす。

「卑怯者《ひきょうもの》！　ペテン師！　悪党！」

「もう終わりにしましょう。ほら」

カディは男を助け起こそうとして、手を伸ばした。男はその手を摑《つか》むと思いきり引っ張った。カデイが男の上に倒れた。

「お前の身体中かじってやる！」

男はそう言うとカデイの耳に噛《か》み付いた。

「ギャーッ！　やめろ！　み、耳はやめろ！」

カデイは足で地面を蹴《け》りながら叫んだ。そして片手で男の睾丸《こうがん》を掴んだ。

「お、お、お、きんたまが、人殺しー！　はなせ！」

背の低い男は手足をバタバタさせて叫んだ。

そのとき、突然、甲高い女性の声が聞こえた。

「あそこよ！　あそこにいるわ！」

背の低い太った女性が二人の方へ走って来る。その後ろからは憲兵隊長と憲兵が一人ついて来ていた。

取っ組み合っていた二人の男は立ち上がり、何気ない振りをして、身なりを整え始める。服の汚れを払い、髪を撫《な》で付け、帽子を拾って被《かぶ》り直す。背の低い男が女性に言った。

「なんだお前か。何を騒いでるんだ？」

女性はそれを無視して憲兵隊長に言う。

「隊長さん、私が言った通りでしょう」

隊長は戸惑いながら答える。

「いや……しかし奥さん、相手は男なんですか？」

背の低い男は上着のボタンを留めたり、シャツの襟を直して、体裁を取り繕うのに必死だった。女性はその男の顔に、自分の顔を近付けて怒鳴った。

「この恥知らず！　裏切り者！　頼まれても触らないなんて、よく言えたわね！」

「おい、待て、待てってたら」

背の低い男は、じりじりと後退《あとずさ》りしながら言う。女性はハンドバッグを振り回して、男を殴り始めた。

木の上でずっと、唖然《あぜん》として展開を見ていたレナートの口から、驚きの言葉が漏れた。

「アッ！　歯医者だ！」

それまで気が付かなかったが、背の低い男は、以前広場でマレーナの手にキスした歯医者のクジマーノだった。

そうしているうちに、近所の人たちが何ごとかと集まって来た。通報を受けた警察官も駆け付けてくる。カデイが後ろから歯医者のクジマーノを殴ろうとして隊長に止められた。憲兵は歯医者の女房が振り回すハンドバッグを掴もうと、空しい努力を続けている。

「奥さん、落ち着いて、落ち着いて」

隊長が歯医者の女房に言った。隊長の言葉など女房の耳に入らず、ハンドバッグをクジマーノの顔に叩《たた》き付けながら叫ぶ。

「あんたの行動を前から見張ってたんだよ、スケベ男！　刑務所に送ってやる！」

そして急に手を止め、振り返ってマレーナの家に向かって怒鳴った。

「お前もだ、売女《ばいた》め！　二人とも刑務所へ行くがいい！」

カデイがクジマーノを指差しながら訴えた。

「あいつは狂ってるんですよ」

横にいた野次馬の一人が言う。

「隊長さん、こりゃ、スキャンダルですな！」

憲兵隊長の怒りがついに爆発した。

「うるさい！　もうたくさんだ！　全員兵舎に来るように。調書を取る！」

隊長は右手でクジマーノ、左手で女房の腕を摑んで歩き始めた。憲兵がカデイの腕を摑んで後ろに続く。野次馬もそれぞれの家へ戻っていった。

木の上のレナートは両手で頭を抱え込み、泣きそうな顔で大人たちを見送っていた。


カステルクトでは、昨夜の噂《うわさ》で持ち切りだった。

レナートは小さな広場にいた。庶民の暮らす古い建物に囲まれた、賑《にぎ》やかな広場だった。台にわずかな野菜を載せて売っている女がいる。椅子《いす》を置いて床屋をやっている男もいた。角にはパン屋があり長い行列ができていた。中央にある井戸には、いつも誰かが水を汲《く》みに来ていた。

広場の一角で、三人の男が木の台を置いて、靴の修理屋を開いていた。レナートは粗末な椅子に座り、靴の底が直るのを待っていた。

兵士を詰め込んだジープがレナートの前を通り過ぎる。兵士たちのおしゃべりがレナートに聞こえてきた。

「愛人どころか二人も男がいたらしいな。まったくよう」

「飛行機乗りのことはみんな知ってたぜ。しかし、歯医者はどこから出てきたんだ？」

「未亡人の股《また》の間から出てきたのさ！」

乗っていた兵士たちがどっと笑った。

金槌《かなづち》でレナートの靴底を叩いていた男も仲間と話し始める。

「父親のボンシニョーレ教授は恥ずかしくて学校辞めたってな。生きているうちは二度と娘に会いたくないって言ってるらしいぜ」

隣の台で作業する修理屋も話に乗ってきた。

「歯医者の女房は旦那《だんな》を家から追い出したってよ」

「追い出したどころじゃないよ。あの魔女みたいな女は本気で旦那を訴えるとよ」

先の修理屋が勢い込んで言った。

それを聞いて三人目の仲間が言う。

「え？　歯医者がなんで訴えられるんだ？　あの男には家族だっているんだよ。売女のマレーナが訴えられるべきだよ」

まん中の修理屋は、できあがった靴を持って建物の方へ歩き出した。二階の窓から女が、紐《ひも》の先に付けた籠《かご》を垂らしながら、修理屋に言った。

「空軍中尉さんは紳士に見えたんだけどねえ。誰が災難に巻き込んだもんだか」

道を隔てた建物のベランダにいた女が答える。

「でも、あの女が災いを招くってことは、みんな知ってたはずだよ。だから中尉は自分から面倒に飛び込んでいったのさ」

レナートは修理の終わった靴を履いて、歩き出した。十メートルも行かないうちに、また噂話が聞こえてきた。

「私は三人とも刑務所行きになると思いますね」

声の方を見ると、パン屋の列に並んでいた憲兵が、連れの中年男性に話しかけていた。中年男性は驚いて聞き返す。

「ほんとに？」

「もちろんですよ。だって告訴状が三通出てますから。歯医者の女房は旦那の愛人も告訴しましたよ」

憲兵が答えると、その前に並んでいた女性も話し始めた。

「歯医者は救急病院へ運ばれて顔を三針縫ったらしいわよ。だから中尉を告訴したんだって」

周りにいた男たちも話に加わる。

「しかし歯医者が先に挑発したっていうじゃないか。中尉は制服を着てたんですよ。軍の将校に対する侮辱行為ですよ」

「こりゃ泥沼ですな」

レナートは噂話を聞くほどに、マレーナが更に遠い存在になっていく気がした。マレーナが手の届かないところへ行ってしまう……。

レナートの前を通りかかった兵士が、郵便配達人に話しかけた。

「俺たちが見るだけで我慢しているときに、中尉と歯医者はやってやがったんだよなあ」

レナートはボンシニョーレ教授の家へ向かった。いつも通りならマレーナが来ているはずだ。

中庭の角に隠れて待っていると、ほどなくマレーナがやって来た。彼女は階段を上がってドアの前に立ち、ハンドバッグから鍵《かぎ》を取り出して差し込んだ。しかし鍵がなかなか鍵穴に入らない。マレーナは左右に小さく鍵を動かしながら、なんとか差し込もうとしている。しかし鍵は入ってくれない。

マレーナは顔を上げ、玄関の真上にある小さな窓を見た。いつもなら彼女の父親がそこから覗《のぞ》くはずだ。しばらく待ってみたが、窓は閉まったままだった。マレーナはじっとドアを見つめた。そして、ゆっくりと身体《からだ》を回し、ドアに背を向けると歩きだした。暗い、寂しそうな表情で階段を降りていく。

マレーナは二度と父親に会えないのだろうか。レナートは彼女の気持ちを思い、泣きたくなった。

数日後、広場を自転車で走っていたレナートは、カフェ・インペーロの前を通り過ぎるマレーナを見つけた。町の中心の商店やカフェが建ち並ぶ賑やかな広場をマレーナがうつむき気味に歩いている。レナートは近くまで行って自転車を降り、マレーナを見守った。

今までは舐《な》めるように眺め、ため息を吐《つ》くだけだった男たちの態度が、がらりと変わっていた。カフェのテーブルに座っていた男たちが、次々と立ち上がり、通り過ぎるマレーナに愛想よく話しかける。

「こんにちは、マレーナさん」

「スコルディーアさん、お元気ですか？」

「奥さん、何かお困りなことはありませんか？」

マレーナは男たちの言葉にまったく答えず、視線を下げたまま歩き続ける。レナートは彼女の顔に、これまで見たことがない、不安の影を見た。

カフェ・インペーロを通り過ぎたマレーナは、チェントルビ弁護士の事務所がある建物に入っていった。レナートが驚いて見ていると、彼女は階段を上がっていく。

　レナートは建物から少し離れ、二階にあるチェントルビの事務所がよく見えるところへ行った。

　チェントルビの事務所には、広場に面してベランダが付いている。窓も、ベランダへ出るためのドアも開け放されていて中の様子はよく見えた。事務所は三間続きになっていた。右端の部屋に受付があり、机の前に事務員が座っている。左の部屋には大きな事務机があり、その向こうにチェントルビが書棚を背に座っていた。チェントルビは暇そうに新聞を眺めていた。まん中の部屋は待ち合い室だった。

　事務員が立ち上がってドアを開けると、マレーナが入って来た。事務員は右手を高く上げ、ファシスト党流の挨拶《あいさつ》をした。

「我々のもとに！」

「我々のもとに！」

　マレーナも右手を上げ、決まりの挨拶をしてから言った。

「こんにちは。チェントルビ弁護士とお話ししたいんですけど、いらっしゃるかしら？」

　事務員は待ち合い室に続くドアを開け、中に向かって片手を伸ばしながら言った。

「どうぞ、こちらでお待ち下さい」

マレーナは待ち合い室に入りソファーに腰掛けた。それを見届けると、事務員は小走りでチェントルビの部屋に入っていった。

事務員はチェントルビに顔を近付け、内緒話でもするように小声で言った。

「先生、大変ですよ。未亡人のスコルディーアが来てます」

チェントルビは弾《はじ》かれたように立ち上がり、落ち着きなく左右を見ながら言った。

「なんだって、う、うそだろ？　おお、マリア様」

慌ててネクタイを直し、頭の回りのわずかな髪を両手で撫《な》で付け、ポケットからくしゃくしゃになったハンカチを取り出して手を拭《ふ》き、机の上にあった灰皿の吸い殻を捨てた。しかし吸い殻の半分は屑籠《くずかご》の外に落ちた。彼は書類を数枚、束にして摑《つか》むと窓に駆け寄り、部屋の空気を出すためにあおいだ。そして机の向こうに急いで戻ると、上半身にいやというほど香水を振り掛けた。

その様子を広場から見ていたレナートは、チェントルビは身体を洗ったことがないという噂を思い出した。

チェントルビは椅子《いす》に座り、大きく息を吸い込んでから、事務員に言った。

「入ってもらいなさい」

マレーナが入ってきた。チェントルビは立ち上がって、優雅な手付きで椅子を指しながら、気さくに言った。

「どうぞ奥様、こちらにお掛け下さい」

しかし、座ったマレーナの手をぎこちなく取り、大きな音を立ててキスしたことで、優雅な仕種《しぐさ》は台無しとなった。

7

法廷では、マレーナと歯医者に関する裁判が始まろうとしていた。傍聴席は立錐《りっすい》の余地もないほどの人で埋まっていた。レナートは早くから裁判所の廊下で、法廷が開くのを待った。お陰で中央最前列に陣取ることができた。傍聴人は思い思いに、おしゃべりしながら、開廷を待っていた。

正面には頑丈な作りの長い机があり、まん中にミストレッタ地方判事が座っている。同じ机に少し離れて書記官が座っていた。判事から三メートルくらい離れたところ、低い台の上に証人が座るための椅子が一つあった。レナートはその椅子の真後ろにいた。椅子の後方五メートルくらいのところには、左右の壁際に四人掛けの長細い机が置かれており、左の机には歯医者とその弁護士、そしてマレーナの弁護をするチェントルビが、右の机には歯医者の女房とその弁護士が座っていた。二つの机は傍聴席のすぐ前にあった。

ミストレッタが木槌《きづち》を二回振り下ろし、開廷を宣言した。

「開廷。マッダレーナ・スコルディーア、通称マレーナの証言から始める」

傍聴席の話し声がゆっくりと消えていき、最後には静まり返った。

チェントルビが入り口へ行き、マレーナを招き入れ、自分の机までエスコートした。マレーナの登場に傍聴席がざわめいた。レナートは後ろで誰かが話す声を聞いた。

「あの女だって、刑務所に二年入るかもしれないんだぜ」

チェントルビは、マレーナがコートを脱ぐのを手伝いながら耳もとで囁《ささや》いた。

「心配しなくても大丈夫ですから。全てうまくいきますよ」

マレーナは証人席へ進んだ。ほんの十歩程歩いただけだったが、見ている男を魅了するには十分だった。美しい曲線を描く身体《からだ》は、柔らかく、弾力性があり、非の打ちどころがない。一歩踏み出すごとに、腰や太股《ふともも》が抗しがたい魅力を発散した。地方判事の顔が緩み、淫《みだ》らに光った目で彼女を見つめている。傍聴席に紛れていた薬局の主人は、口をポカンと開けたまま動かない。チェントルビは彼女の腰に目を据えて、ごくんと唾《つば》を飲んだ。大きく胸元の開いた派手なワンピースを着たジーナでさえ、感心したような顔でマレーナを見ている。歯医者の女房だけが顔を背け、壁を見ていた。

レナートは呼吸を忘れて、彼女を見つめていた。何度会っても、マレーナの濃艶《のうえん》な美しさは彼に衝撃を与えた。彼女が証人席に着いたとき、急にレナートの目が、驚いたように大きく開いた。彼の見ていた後ろ姿のマレーナが、いきなり全裸になったからだ。しかし、それは一瞬の幻覚で、すぐに彼女の身体は黒いジャケットとスカートを取り戻した。レナートはゆっくりと肺に空気を送り込んだ。

判事が、わざとらしい優しさで、マレーナに話し始めた。

「マレーナさん、あなたはガスパレ・クジマーノ氏と不適切な秘密の恋愛関係を持ち、クジマーノ氏の家庭を崩壊させたとして告発されています。クジマーノ氏を御存じですか？」

「はい」

マレーナは小さな声で答えた。

「あなたは、その、クジマーノ氏の婚約者でしたか？」

言いにくそうに判事が聞いた。

「判事さん、絶対にそんなことはありません。結婚している人の婚約者にどうしてなれるのでしょう？」

マレーナは真直《まっす》ぐ判事を見て、はっきりと答えた。

「それでは、なぜクジマーノ氏は、あの夜、あのような時刻に、あなたの家を訪ねたのですか？」

判事が少し身を乗り出して尋ねる。顔には好奇心が表れている。

「知りません」

マレーナは冷たく答えた。

「あなたは、それ以前にクジマーノ氏と夜に会ったことはありますか？」

マレーナが黙り込んだ。後ろを振り向き、不安そうな顔でチェントルビを見ている。チェントルビは笑顔を作りながら、うなずいて見せた。マレーナは判事の方に顔を戻し、小さな声で言った。

「はい。一度だけ」

レナートは自分が裏切られたような気になった。

法廷がざわめき始める。

少し間をおいて、判事が低い声で聞いた。

「どこで？」

「私の家です」

マレーナが答えたとたん、傍聴人たちが騒ぎ出した。

「おぉ！」

「うそだろ！」

クジマーノは顔を赤らめ、嬉《うれ》しそうに笑いながら、振り返って傍聴人席を見渡した。彼の女房は、憎しみもあらわにクジマーノを睨《にら》んでいる。

判事は木槌で数回叩《たた》いて、法廷内が静まると質問を再開した。

「どのくらいの時間クジマーノ氏は滞在していたのですか？」

「ほんの短時間です、判事さん」

「それで、あなたたちは何をしたのですか？」

「先生は父の薬を持ってきて下さったんです」

傍聴席がまた、ざわめいた。クジマーノは泣きそうな顔で下を向いた。

判事の質問が続く。

「しかし、お父さんの薬なら、なぜ、あなたの家に持ってきたのですか？」

「知りません」

ここで、判事はしばし黙り込み、質問を考えてから言った。

「薬をあなたに渡した後で、クジマーノ氏は何をしましたか？」

「挨拶《あいさつ》をして、お帰りになりました」

マレーナがあっさりと言った。

「ええ……それでは……五年前にはドゥーチェの歯を抜くという光栄に与《あずか》ったほど、評判の高い歯科医のクジマーノ氏が、あなたの婚約者だと公言しているのは、なぜでしょう？」

「判事さん、それは彼が頭の中で作り上げたのです。私には関係ありません。信じて下さい」

マレーナは身体を乗り出し、訴えかけるように言った。判事は満足そうにうなずいている。

歯医者の女房の耳もとで、彼女の弁護士が囁いた。

「おたくの旦那《だんな》は妄想癖があるようですな」

女房は弁護士の腹に肘鉄《ひじてつ》を食らわせた。

判事がまたマレーナに質問する。

「それではカデイ中尉についてはいかがです？　どんな関係だったのですか？」

マレーナはすぐに、堂々と答えた。

「判事さん、私は未亡人です。私とカデイ中尉との関係は、法律には反しないと思います」

「ああ……よろしい。とにかく、あなたのせいで事件の後、カデイ中尉はアルバニアに転属になったのですよ」

「えっ！」

マレーナは小さく驚きの声を上げた。そして視線を床に落としたまま考え込んでしまった。

レナートの後ろで声がした。

「よし、一人減ったな」

声の方を見ると、薬局の主人が満足そうな顔をしていた。

「カデイ中尉は出発の前に、尋問を受けています。書記官、読んでくれたまえ」

判事が言うと、書記官が書類を読み始めた。

「質問に答えて、カデイ中尉は以下のように証言した。『スコルディーア未亡人とは二回会った。二回とも彼女の家で会った。だが、彼女と恋愛関係になったことはない。彼女と私の関係は一時的な肉体関係である』」

レナートは食いしばった歯の間から唸《うな》った。

「くそやろう……」

マレーナは下を向いたまま動かなかった。涙が一筋頰《ほお》を伝う。たった今、自分が耳にした現実を、理解し受け止めるのには長い時間が必要だろう。

チェントルビが立ち上がって、マレーナの弁護を始めた。

「私の依頼人がカデイ中尉に、ある種の好意を持ったとしても別に不思議ではありません。しかしクジマーノ氏の場合はまったく違います。恐らく彼は老人性痴呆症《ちほうしょう》の犠牲者なのです。欲望が引き起こした万華鏡的空想場面の犠牲者でもあり、愛の蜃気楼《しんきろう》に翻弄《ほんろう》されたとも言えるでしょう。しかし、カデイ中尉の場合は、妻子あるクジマーノ氏とは違って独身なのです、独身！」

チェントルビは、にやりと笑ったかと思えば、まじな顔や泣き顔になり、数歩行っては反転してまた歩き、上下左右に両手を動かしながら休みなくしゃべり続ける。

クジマーノは興奮して、自分の弁護士の服を引っぱりながら言った。

「何を言っとるんだ、あいつは！」

傍聴席からも囁《ささや》く声が聞こえる。

「おい、あの弁護士、ずる賢いなあ」

「弁護士自身も独身だしな」

マレーナは床を見つめたまま全く動かない。チェントルビの弁護も耳に入らないようだ。

チェントルビの弁護は続いている。

「事件に関連する様々な事実を分析して、その結果を見るところでは、スコルディーア夫人が犯した罪というのは、不幸に見舞われたということ、一人きりだということ、そして美しいということだけです。そう、ここに罪の源がある。美し過ぎるゆえに嫉妬《しっと》を招き、偽りが生まれ、不名誉な行為を誘い、父親の信頼さえも彼女から奪ってしまったのです。しかも彼女はまだ、北アフリカで戦死した英雄を思い、苦しんでいるのです！」

マレーナがそこで顔を上げてチェントルビの方を向いた。そのまま彼女は、話し続けるチェントルビをずっと見ていた。

「弁証法を大胆に駆使して導き出す結果も、正当と思われる仮説も、私たちにただ一つの疑問を投げかけるだけなのです。そう一つだけなのです」

チェントルビはそう言うと、右手の人さし指を高く上げ、判事の前から傍聴席まで歩いた。そしてまた判事の方に向き直って続ける。

「祖国への愛ゆえに夫が死に、寡婦となって苦しむ若い女性は、その苦しみの後に、新しい人生を築くことは許されるのでしょうか？」

レナートは、うんざりした顔で頭を振った。チェントルビがどこへ話を落とし込もうとしているのかが分かった。今後チェントルビが取りそうな行動を想像すると、マレーナの身が心配になった。

チェントルビは声のトーンを上げ、クライマックスが近いことを匂《にお》わせながら、話を続ける。

「この女性は人生のドラマに、新しい愛の物語を書き加える権利を持つのでしょうか？判事殿、傍聴席のみなさん、カステルクト魂の下に、全員一丸となって答えましょう。イエス！」

裁判から数日たった夜、レナートはマレーナの家へ行き、いつもの窓から覗《のぞ》いていた。ラジオから情熱的なタンゴのメロディーが流れている。チェントルビとマレーナが居間で踊っていた。マレーナは胸元が丸く開いた、膝下《ひざした》までの黒いドレスを着ている。チェントルビは白いワイシャツに、いつもの三揃《みつぞろ》いで、上着は脱いでいた。

踊りながらもチェントルビはマレーナを引き寄せ、抱き締めることに余念がなく、マレーナは困惑顔で押し返していた。

テーブルの上には数枚の汚れた皿とグラスが残っている。きっとマレーナは弁護のお礼として、チェントルビを夕食に招いたのだろう。

チェントルビが脂ぎった頬をマレーナに押し付けた。彼女は頭を反らせ、急いで話しだした。

「クジマーノ先生はもう私に付きまとわないかしら？」

チェントルビは熱を帯びた目で、彼女を見つめながら言う。

「彼はもう終わりですよ。北アフリカに行くと言い張って、精神病院に入れられてしまいました。我々がとっくに北アフリカで負けてしまったのを、あのバカは理解できないんです」

チェントルビは片手を彼女の頬に添えて続けた。

「クジマーノも、カデイとのアバンチュールも忘れましょう。我々のことを考えようじゃないですか」

チェントルビは片手を彼女の尻《しり》のまん中に当て、思いきり引き寄せた。

「キャーッ！」

叫びながらマレーナはチェントルビを突き放した。

窓の外で見ていたレナートも唇を噛《か》んで、思わずつぶやく。

「この豚野郎が……」

マレーナは後ずさりしながら、乳房の間から、小さく折り畳んだ紙幣を取り出した。

「ここに百五十リラあります。私の全財産です。月末に残りを払いますから」

チェントルビは嫌らしく微笑《ほほえ》み、彼女に近づきながら言う。

「あなたは何も分かっていませんね」

そして彼女の手から金を取ると背後に放り投げ、両手を広げて迫っていく。マレーナは小走りに階段へ向かって逃げた。

「私の弁護料は五百リラと決まってるんですよ。あなたに、そんな金は払えないでしょう」

チェントルビは言いながらマレーナに近づき、いきなり階段を少し上がったところに立つ彼女の膝を両手で掴《つか》んだ。

「マレーナ！　こっちへおいで、マレーナ！」

彼女はチェントルビを振りきり、後ろを向いたまま階段を上っていく。混乱した言葉が口をつく。

「そんな……弁護士さん……どうすれば、そんなお金を払えるのか……私にはわかりません」

「わかっているはずだよ。君にはわかっているだろう」

チェントルビは彼女を追いかけ、ドレスの裾《すそ》から両手を差し込む。その手をマレーナが必死で上から押さえる。

「弁護士さん、止《や》めて下さい。お願いだから帰って下さい」

マレーナは階段を上がりきってしまい、寝室の入り口に後ずさりしていく。

「私じゃいやなのか？　私が嫌いなのかい？」

チェントルビはマレーナに躍りかかった。彼女は身体《からだ》を横に倒してかわし、部屋の中へ逃げ込んだ。チェントルビが後を追う。

レナートの位置からは部屋の中まで見えなかった。急いで枝に飛び乗って、違う枝に飛び移り、先の方に移動する。枝の先にはもう一つの窓があり、寝室が見えるはずだ。レナートは腹這《はらば》いになって、片手と両足で枝にしがみつき、もう片方の手を伸ばして雨戸の板を一枚引き剝《は》がした。三センチほどの隙間《すきま》が開き、チェントルビとマレーナが見えた。

マレーナはベッドを背にして立っていた。チェントルビが彼女の服の襟元に手をかけて引き裂いた。露《あらわ》になった豊かな胸を両手で隠しながらマレーナが叫ぶ。

「止めて、弁護士さん！　ちょっと待って下さい！」

チェントルビは彼女の腕の下に無理やり手を突っ込んで、乳房をつかみながら口走る。

「何を待つんだ……何を待つんだ、マレーナ！　君の面倒は私が見るよ」

片手でマレーナの服をさらに引き裂き、身体を撫《な》で回しながら、もう片方の手で自分のベルトを外し、ズボンを脱いだ。

「待って、弁護士さん！　イヤーッ！」

今やマレーナの上半身を隠すものはほとんどなかった。チェントルビは彼女の肩や胸に顔を押し付け、キスし始めた。

「弁護士さん、止めてー！」

「ずっと、このときを待ってたんだよ。ずっと夢見てたんだよ」

チェントルビは両手でマレーナを突き飛ばしてベッドに倒し、自分はワイシャツを脱いで彼女の上にのしかかった。毛糸のパンツとランニング姿のチェントルビが、彼女の乳房から下腹部を触り、舐《な》め、キスする。

レナートの頭には身体中の血が上り、怒りで震えていた。しかし、同時に強烈な興奮が身体を突き抜け、彼のペニスは硬く勃起《ぼっき》していた。欲望の渦に呑《の》み込まれ、レナートは木にしがみついたまま片手をパンツの中に入れ、ペニスをしごき始めていた。

かろうじてまとわりついているマレーナの服は、腰の辺りまでまくれ上がり、チェントルビはその下に手を入れパンティを掴んで引き下げた。しかしガーターにひっかかってなかなか下がらない。チェントルビはやけになって引っ張り、パンティはちぎれた。

「キャーッ！　やめてー！」

「おぉ、お前はマリア様だ！　おぉ、なんて滑らかな肌なんだ！」

チェントルビは自分もパンツを下ろし、マレーナの腰の上に乗った。

「すばらしい！　すばらしい！」

チェントルビは激しく腰を動かす。マレーナは凍り付いた顔で黙って上を向いている。彼女の目から涙が一滴こぼれ、頰《ほお》を伝って落ちた。チェントルビの動きにつれて小さく上下する彼女の顔は、少しずつ官能的な表情になり、やがて喘《あえ》ぎはじめる。

レナートも手を激しく動かしながら、腰を振り始めた。木の枝が大きく揺れる。

チェントルビが突然叫びながら反り返り、動きを止めた。

「ウォオオオオオオオ！」

レナートも同時に果てた。その瞬間、木の枝が根元から折れ、しがみついているレナートとともに落下した。

「ギャアアアアアア！」

レナートの叫び声が夜空にこだました。


レナートは足をひきずりながら教会の中を歩いていた。石膏《せっこう》で固めた右腕を首から吊《つ》っている。顔には擦り傷があった。若い聖者の像まで行くと、前に立ち、怒った顔でじっと睨《にら》んだ。台の上でゆらゆら揺れる、ロウソクの赤い炎がレナートと聖者を照らしている。

「彼女は弁護士に金を払えないから、仕方なくやったんだ。だから彼女は許す。もう二度と、あんな男と寝ないだろう。でも、お前は約束を破った！」

そう言うなり、レナートは石膏で固められた手で、聖者の像を横殴りにした。鈍い音をたてて聖者の右手が折れ、床に落ちた。

「恨むなよ」

レナートはそう言うと歩き去った。

シネマ・リットーリオではニュース映画が上映されていた。ジーナが定位置の真ん中あたりに座っている。入り口からレナートが入ってきた。真直ぐにジーナの方へ向かっていくと、二つ隣の席に座った。

スクリーンには戦闘機がアップで映し出されている。雑音混じりの声がスピーカーから流れる。

『ムッソリーニは、二十年以上も前に、我が国で初めて戦闘機の重要性を見抜き、イタリア空軍の基礎を築き始めた……』

ジーナは退屈そうな顔でじっとスクリーンを見ている。レナートもスクリーンを見ながら、座席を一つずれてジーナの隣に移動した。

『……栄光の足跡が見られる。アジェッロ中尉の打ち立てたスピード記録は、長期間残ると思われたが……』

レナートが隣に座っても、しばらくジーナは気付かないかのように映画を見ていた。そして顔をまったく動かさず、視線もそのままで、右手の指輪を外すと、レナートの股《また》に伸ばした。ジーナは指先で器用にズボンのボタンを外し、ペニスを握ってしごき始める。レナートは驚いて目を見開き、口もポカンと開けたままスクリーンを眺め続ける。そこには爆撃機と爆撃場面が映っていた。

『スペインにおける素晴らしい試験飛行の後、イタリア空軍は全ての前線で勝利し続け……』

しばらくするとレナートは目を半分閉じ、とろんとした顔になった。スクリーンにはムッソリーニが現われ、兵士の集団を前に演説し始める。

『東アルプスから、遠く離れたケニアまで。ギリシャの前線から、リビアの砂漠まで。チュニジアにおける輝かしい勝利から、厳しいソ連戦線に至るまで……』

徐々に突き上げてくる官能の中で、レナートはマレーナを想像していた。レナートの顔がゆっくりと横を向き、ジーナを見る。しかしレナートには彼女がマレーナに見えた。マレーナが歓喜に満ちた顔でスクリーンを見つめながら、レナートのペニスを愛撫《あいぶ》している。

レナートも満足げな顔をスクリーンに戻した。そこには、多くの兵士を前にして壇上で演説するレナートがいた。ムッソリーニとなったレナートは、右手を高く上げて言った。

『我々のもとに！』

8

レナートは、海沿いの道端にあった古い漁船の上に立ち、望遠鏡でマレーナの家を見ていた。その横を疎開する人々が歩いていく。家財道具を一式積んだ荷車を押して行く家族、背中に包みを縛り付け、子供を両手で引いて歩く者、馬や牛に荷物を背負わして引いていく者など、のろのろと移動する列が途切れることはなかった。みんな爆撃される危険性の高い町を捨て、田舎を目指して長い道のりを歩いているのだった。

レナートはマレーナが家から出て来るのを期待して望遠鏡を覗《のぞ》いていた。しかし、視界の中に入ってきたのはチェントルビの車だった。四角いプレゼントの包みを抱えたチェントルビは、車から降りると、いそいそと玄関へ行き、呼び鈴を押した。しばらくするとドアが開き、マレーナがチェントルビを招き入れた。

レナートは堤防の上に座り込むと、膝《ひざ》を抱えて泣き出した。横を通り過ぎる人々は、哀れみのこもった視線を彼に投げかけた。

娘を恥じて辞職したボンシニョーレ教授の代わりには女性教師が入っていた。この女性教師は背が低く、瘦《や》せぎすで、硬い髪をおかっぱに揃《そろ》え、まだ四十前だというのに顔には皺《しわ》が多く、ヒステリックなところがあった。

今日、教室では、古代ギリシャ語の授業が行われていた。女性教師がオデュッセイアの一節を読んでいる。

「アルゴスの人々がイリオスに向かって船を出したとき、彼らとともにオデュッセウスも出征しました」

レナートは重く沈んだ気分で、授業など上の空だった。考えるのはマレーナのことばかり。開いていたノートに、何十通目かに当たる、彼女への手紙を書き始めた。

『マレーナ様

昔、誰かが、本物の愛は報われないものだと言いました。今、僕にはそれがどうしてなのかわかります。もう長い間、あなたが外出するのを見ていません。しかしあなたに対する僕の愛は、強くなっていくばかりです。あなたが遠ざかれば遠ざかるほど、僕の愛は大きく膨らんでいきます。みんなは、あなたが弁護士のチェントルビと結婚すると言っています……』

レナートは後に続ける言葉を考えながら、女教師を見た。レナートにはそれがマレーナに見えた。教壇に座ったマレーナがうつむいて、片手を首筋のところにやり、オデュッセイアを朗読している。

「……ところが今は嘆き悲しみながら暮らしております。これほど大きな災いを神様が私に……」

レナートは教壇のマレーナに手紙を書き続けた。

『たぶん僕では子供過ぎるのでしょう。しかし、カステルクト中の女が誰も相手にしたことのない、太ってハゲの醜い年寄りと、あなたのような女性がどうして一緒に暮らせるのでしょうか？　あいつは身体《からだ》を洗ったことがなく臭いので、みんなから山羊《やぎ》と呼ばれています。母親に命令されないと道も歩けないような男です。あなたの白い滑らかな肌が、年寄りの脂ぎった身体に触れるなんて、許されることでしょうか？』

そこまで書いてレナートは、教壇のマレーナを切ない目で見つめた。マレーナはレナートを優しい目で見つめ返した。そして本の朗読をやめ、立ち上がるとレナートの方に歩いてきた。少年たちの机の間をゆっくり歩いてマレーナがすぐ横まで来たとき、レナートは切実な声で言った。

「本当にあいつと結婚する気なんですか？」

クラス中に笑いが巻き起こった。レナートが見つめるマレーナの美しい顔が、突然皺だらけの怒った顔に変わる。女教師は怒りで震えながら怒鳴った。

「レナート・アモローソ、何を書いているんですか！　見せなさい！」

女教師の手がレナートのノートに伸びた。レナートは素早くノートを引きちぎり、丸めて口の中に放り込んだ。突然起こった喜劇に、生徒たちは大喜びで笑い転げる。女教師はレナートの頭をしたたかに打ち、耳を摑《つか》むと立たせて、出口に引っ張っていった。レナートは必死に紙を飲み込みながら引きずられていく。

「出て行きなさい、アモローソ！　いますぐに！」

女教師は怒鳴りながら、レナートを教室から追い出した。

レナートは引きつった顔で廊下を走り、階段を飛ぶように降りた。階段の踊り場には黒い大理石で作られた、ムッソリーニの胸像があった。台に載せられた胸像の顔は、丁度レナートの顔と同じ高さだった。レナートは腹立ちまぎれに、力いっぱい胸像を押して台から落とした。ムッソリーニが階段を転げ落ちていく。一番下まで転がり落ちると、壁にぶつかりまっ二つに割れた。


仕立て屋の工房で、レナートは幸せに満たされていた。驚いたことに父親は約束を守り、それまでの人生で一番素敵な贈り物をしてくれた。レナートは生まれて初めて長ズボンを穿《は》いていた。鏡の前に立ち、惚《ほ》れ惚《ぼ》れと自分を眺めている。仕立て屋が足下でうずくまり、裾《すそ》にマチ針を刺そうとしていた。

「レナート、真直《まっす》ぐ立って。そうそう、そのまま」

彼の姉妹たちも、このちょっとした行事に欠けてはいなかった。長ズボンを穿いたレナートを後ろから並んで見ている。母親はすぐ横に立ち、注意深く眺めては意見を言った。

「もう少し長い方がいいわ」

「はいはい、奥さん」

仕立て屋は愛想よく答える。

「腰回りもね、もう指二、三本分くらい緩くしといて。大きくなっても穿けるようにね」

「それはいい考えだ！　もちろんですよ、奥さん」

レナートが急《せ》かすように聞いた。

「ねえ、明日にはできる？」

仕立て屋が優しく答える。

「ぼうず、もう少し時間をくれなきゃ。ちょうど忙しい時期でね、すぐに全部仕上げる時間はないんだよ」

ピエトロは壁を隔てた隣の部屋でソファーに座っていた。遠くを見るような視線を壁に据え、不安と無力感を顔に浮かべて戦況を報じるラジオに聞き入っていた。

『昨日午後、二十機程の敵機がパレルモを激しく爆撃し……』

長ズボンを穿いたレナートは屋根の上にいた。腰をかがめて素早く移動し、煙突の陰に身を隠す。そこからは、中庭を囲んだ、古いが立派な建物が見えた。白い大理石で新古典調に作られた、四階建ての重厚な建物だった。二階にある玄関に上がるための、これも真っ白い大理石で作られた、広い階段が正面に見える。玄関の戸は焦茶色の一枚板で、細かい彫刻を施してあった。

道路に面したアーチを潜って、チェントルビの車が中庭に入ってきた。車から降りたチェントルビは、白いワイシャツに黒の三揃い、蝶ネクタイを締め、花束を抱えていた。チェントルビは階段の方へ数歩進んで立ち止まり、不安そうに玄関を見上げ、胸に十字を切った。

「神様！　今日はおふくろの機嫌がいい日でありますように」

そう言うと、のろのろと階段を上がる。玄関の前に、しばらくじっと立ちすくんだ後に、ようやく大きな鉄の輪を摑んでノックした。玄関の扉が開き、チェントルビは中に消えていった。

レナートが屋根の上で待っていると、すぐに建物の中からヒステリックな叫び声が聞こえてきた。

「恥知らず！　あなたには誇りというものがないんですか！」

その直後にチェントルビが玄関から飛び出し、階段を駆け降りる。片足を引きずった老婆が玄関から現われ、階段半ばに差し掛かったチェントルビに、花束を投げつけて叫んだ。

「ろくでなし！」

チェントルビは階段を降り切ってから振り返り、泣き声で訴える。

「お母さん、僕はもういい年なんですよ」

怒り狂った母親は、持っていた木の杖《つえ》を息子めがけて投げた。さらに片方の靴を脱ぎ、投げ付けながら怒鳴る。

「よく頭に叩《たた》き込んでおきなさい！　お前の父親の名にかけて、あんな売春婦となんか一緒にさせませんからね！　絶対に！」

レナートは屋根の上で、にたにた笑いながら見ていた。


港に近い小さな造船所に、チェントルビの車が停まっていた。造船所と言っても屋根も囲いもなく、海に面した平らなスペースがあるだけだった。小さい漁船を作る設備しかなく、戦争が激しくなってからは放置されていたところだ。車の周りには造りかけの船や、壊れた船が散在していた。海のすぐ近くに置かれた、骨組みだけの船にレナートが隠れていた。彼は骨組みの間から望遠鏡を伸ばし、チェントルビの車を見ていた。

車の中、前の座席に座ったチェントルビとマレーナが話している。二人は激しく言い合っているようだった。そのうちマレーナは黙り込み、チェントルビだけが必死に話し続けている。マレーナの目から涙がこぼれた。その顔は悲しみよりも怒りを表していた。

チェントルビがキスしようと、顔を彼女に近付けた。しかし彼女は顔を背けると、車のドアを開け、歩き去った。

レナートは床屋で順番を待っていた。相変わらず混んでおり、店内は熱気と騒音に満ちていた。壁際にならんだ肘掛け椅子《ひじかけいす》では、床屋が客の髪を切り、鬚《ひげ》をあたっている。番号札をもらって待つ客は十人以上いた。

その日はマレーナとチェントルビの噂《うわさ》で持ち切りだった。髪を切っていた床屋の一人が客に言う。

「マレーナが去った後、弁護士はその場でずっと泣いてたらしいねえ」

「でも今は母親が、毎週土曜日に風呂《ふろ》に入れてくれるらしいぜ」

客が答え、二人は腹を抱えて笑った。

一番奥の椅子に座っていた客が立ち上がり、出口に向かった。床屋が白い布から髪の毛をはたき落としながら叫ぶ。

「十八番！」

レナートは小さな番号札を高く上げ、立ち上がって答えた。

「俺《おれ》だー！」

店の奥へ進んでいくレナートの耳に床屋と客の会話が聞こえて来る。

「しかしマレーナに男ができる度に、必ずじゃまする奴《やつ》が出てくるんだよなあ」

客がそう言うと、床屋が答える。

「でも、いくらじゃまされても、あの女はベッドの相手には事欠かないみたいですよ」

近くにいた客も床屋たちも、にやにや笑った。

レナートは空いた席の前まできた。そこには前回、レナートを低い丸椅子に座らせた床屋がいた。床屋は丸椅子を手に持ち、歩いてくるレナートを見ながら考えていた。

「なんか今日は今までと違うぞ。長ズボンを穿いてるからかな？　それとも生え始めた鬚のせいか？　しかし何か違うな……」

多感な時期にあったレナートはマレーナを愛し、追いかけ、苦しむうちに急激に精神的成長をとげていた。子供らしさがなくなり、態度に風格が見え始め、顔つきも大人になった。

床屋は、にこっと笑い、丸椅子を横に置くと、背の高い肘掛け椅子を示した。

「こちらに、どうぞ！」

レナートは満足げに椅子に座った。

隣の席に座っていた客と、床屋の噂話は続いている。

「次の相手はもうナイフを磨いて獲物を狙《ねら》っているのかねえ？　いや、まったく羨《うらや》ましい奴だ」

客がしみじみと言う。

「ナイフじゃなくてチンポコ磨いてますよ！」

床屋が陽気に叫び、周りの男たちがどっと笑った。

レナートは椅子に腰掛け、鏡に映る自分の首に床屋が布を巻き付けるのを笑顔で眺めていた。そして生意気な口調で言った。

「髪を切ってくれ。それから鬚も！」

「すぐやります、旦那《だんな》！」

床屋が明るく答えた。


自転車を押したレナートが、マレーナの後ろを歩いていた。マレーナが町を歩くのは本当に久しぶりだった。裁判以後、外に出る時はチェントルビの車に乗っていたし、チェントルビとの関係が終わってからは、ほとんど家から出なかった。今日も望遠鏡でマレーナの家を覗《のぞ》いていたレナートは、服装を整えハンドバッグをもって玄関から出てきた彼女を見つけ、あわてて後を追ったのだった。彼女は髪型を変えていた。以前は真中《まんなか》で分けた髪が耳を隠して顔の横に垂れていた。今は少し横で分けて、ぴちっと後ろに撫《な》で付けている。新しい髪型は軽い印象を与えたが、青白い顔に浮かぶ苦悩を隠しはしなかった。レナートは一目見て、マレーナが痩《や》せたと思った。

マレーナは人通りの多いリットーリオ通りに入っていった。バールの入り口でぼんやり通りを見ていた青年が、マレーナを見て目を丸くした。急いでバールの中に入ると店内のみんなにニュースを報《し》らせた。

「急げ、急げ！　マレーナが歩いてるぞ。髪型を変えてるぞ！」

すぐに入り口から数人の男が飛び出し、通り過ぎるマレーナに近づくと、下卑た笑いを浮かべながら声をかけた。

「オーッ！　マレーナ！」

「よく帰ってきたな！」

「新しい婚約者でも探してるのか？」

マレーナはそれを完璧《かんぺき》に無視して歩き続ける。しかし、道端は興奮につつまれ、それが彼女とともに移動する。歩いている男たち、道端でおしゃべりしていた女たち、店の主人と客、その他全ての人々が嘲《あざけ》りの目で彼女を見つめ、大声でからかった。

ジープが一台通りかかり、乗っていた二人の兵士は物欲しげに彼女を眺め、すれ違いざまに叫んだ。

「マレーナ！　たまらないぜ！」

「マレーナ！　コーヒー飲みに行かないか！」

マレーナは嘲りの声から逃げるように足を速めた。レナートは押していた自転車に乗り、後ろを追った。

若い兵士が五人、マレーナの行く手を塞《ふさ》ぐように道に広がり、にやにや笑いながら声をかけた。

「愛《いと》しのマレーナ！」

「マレーナ、いい子にしろよ。食べちゃうぞ！」

彼らは手を広げてマレーナに近寄ってくる。マレーナは一瞬足を止め、うんざりした表情で彼らを見た。しかし、落ち着きを失うことはなく、右に折れて脇道《わきみち》に入って行った。

レナートは笑い転げる兵士たちを睨《にら》みながら、そこまで走り、マレーナの入った道を覗き込んだ。そこでも状況は同じだった。人々は蔑《さげす》んだ目でマレーナを眺め、男たちがヤジを飛ばす。

「おい、見ろよ。マレーナがいるぞ！」

「見ろよ、あの歩き方。たまんねえなあ」

「マレーナ、鼻血がでちゃうよ！」

「一緒に歩いていいか？」

ヤジを背に受け、道の中央を真直《まっす》ぐ前を向いて歩いていたマレーナが、突然左に曲がった。

レナートは急いでそこまで自転車を飛ばし、自分もその道に入り、追跡を続けた。マレーナは人通りのない道を歩き続け、最後にはレンガの壁に開けられた低いアーチを潜った。

レナートが辿《たど》り着き、アーチから覗くと、そこは四方を建物に囲まれた小さな広場だった。マレーナは奥の方に立っていた。まるで密会の相手を待ってでもいるように、落ち着きなく辺りを見回している。広場には他に誰もいなかった。レナートはアーチを潜り、壁に自転車を立て掛けると、少しずつマレーナに近付いていった。

彼女との距離が十メートル程に縮まった時、彼女は、はっとした顔でレナートの方を向くと歩き始めた。レナートの心臓が高鳴る。ついに彼女は自分に気付いてくれたのだと思った。二人はどんどん近付いて行く。しかし、最後の瞬間に彼女はレナートを避け、そのまま歩き続けた。振り向いたレナートは、マレーナの後ろ姿の先に、一人の男を見た。煤《すす》けた色のハンチングを被《かぶ》り、ねずみ色のジャンパーに黒いズボンを穿《は》き、肩から黒い布の鞄《かばん》を下げている。がらが悪く、後ろめたいことをしている人間独特の雰囲気を持っていた。髭《ひげ》だらけの顔は四十歳くらいに見えた。マレーナが近くまで来るのを待って、男は言った。

「こんにちは、奥さん」

マレーナは何も言わず、すがるような目で男を見ている。

レナートは失望のあまり、呆然《ぼうぜん》と立っていた。

二人は広場の角に移動していった。レナートは気を取り直し、建物の間に挟まれた細い道に何気ない顔で歩いていき、壁の陰から二人を覗いた。

男は肩から掛けたまま、ずだ袋の口を広げてマレーナに中を見せている。マレーナは真剣に覗き込んでいた。男が低い声で言う。

「砂糖とパンを持ってきましたよ」

「小麦粉のパンなの？」

鞄の中を覗いたままで、マレーナが聞く。

「半分小麦粉だ」

男が答えると、マレーナは耐えかねたように、片手を鞄に入れた。そしてパンを一かけらちぎり取ると急いで口に運んだ。ゆっくりと噛《か》み、呑《の》み込んでからマレーナは言った。

「いくらなの？」

男は凄《すご》みのある笑いを顔にたたえながら言った。

「心配しなくてもいいですよ。綺麗《きれい》な髪をしてるじゃないですか。その髪で払えますよ」

言い終わるとウインクし、片手でマレーナの髪を値踏みするように撫で始めた。

突然、轟音《ごうおん》が響き渡った。二人もレナートも、とっさに空を見た。青空に入道雲が広がるように、アメリカ軍の飛行機が空を覆っていった。

レナートは急いで自転車に飛び乗り走り出した。マレーナと男もそれぞれ別々の方向に逃げていった。

レナートがリットーリオ通りから、町の中心の広場へ出る頃には、空が飛行機の編隊に覆われて辺りは暗くなり、空襲警報が鳴り響いていた。恐怖におののく人々が、ぶつかり合いながら広場を走る。避難所に指定されていた地下室の入り口は、絶叫し、ぶつかり合う人々で膨れ上がっていた。遠くから爆弾の炸裂《さくれつ》する音が聞こえ、地面が震える。小さな子供が空を仰いで叫んだ。

「アメリカの飛行機が爆弾落として飛んでいくよ！」

レナートは渾身《こんしん》の力を込めてペダルを踏み、広場を横切ったところで、振り仰いで空を見た。爆撃機の雲はほとんど通過しており、町の上空には数機が残っているだけだった。その時、一機が爆弾を二つ落とした。飛行機から線を引いて落下する爆弾は広場の向こう側に落ちた。空気を引き裂き雷鳴のような轟音が響き渡った。建物も地面も激しく揺れ動いた。広場の向こうで建物が吹き飛ぶのをレナートは見た。しばらくは耳鳴りがして何も聞こえなかった。

恐怖に凍り付いたレナートの頭に、小さい広場から逃げる時のマレーナが浮かんだ。彼女は爆弾が落ちた方に走っていったのだ。

レナートは、心配そうな青い顔をして爆撃の跡を見ていた。そこだけ建物が消え去り、煙の立ち上る瓦礫《がれき》の山に変わっていた。兵士たちは、崩れた壁や折れた柱の下を覗《のぞ》き、負傷者や死者を探していた。そして怯《おび》え切った顔の人々が泣きながら、素手で石やレンガを持ち上げ、土砂を掘ってそこにあるはずの自分の財産を探している。倒れた壁の上に立った一人の兵士が大声で言った。

「探し続けても無駄だよ。ここには怪我人《けがにん》も死体もないはずだ。住人が全員避難するのを俺《おれ》がこの目で見てるんだから」

レナートは瓦礫の盛り上がったところに立ち、注意深く辺りを見回していた。遠くでは、まだ爆撃と高射砲の音が続いていた。

「ここに誰かいるわ！　はやく、はやく！」

突然、女性の叫び声が響き渡った。兵士と男たちが、急いで駆け寄る。石や柱を取りのけ、手で土砂を掘る。レナートも近くへ駆けていき、怯えた顔で作業を見つめた。男性の足が二本現われた。レナートはほっと息をついた。

数人の男が足を持ち引きずり出す。男が死んでいることは一目で分かった。

「ボンシニョーレ教授、マレーナの父親だ！」

足を持っていた男の一人が叫んだ。

レナートは口を開けたまま教授の死体を眺めていた。周りから啜《すす》り泣く声が聞こえ始めた。

9

ボンシニョーレ教授の葬儀は寂しいものだった。

花環《はなわ》を両側からもつ二人の兵士を先頭に、その後ろに司祭、棺《ひつぎ》を運ぶ二頭立ての黒く塗られた馬車、そして棺の後ろに二十人ほどが葬送の列を作っているだけだった。一行はゆっくりと、町の大通りを墓地に向かって進んでいく。棺のすぐ後ろにはマレーナが一人で歩いていた。少し間を空けて、わずかな親戚《しんせき》と教授の元教え子たちが続き、近所の人たちが行列の最後にいた。

行列は、ほとんど誰ともすれ違わず、道端で見送る者もいなかった。しかし、半開きになった扉や、窓の後ろにはたくさんの目があった。窓から覗いていた若い女性が、遠ざかる行列を見ながらつぶやいた。

「一人で閉じ籠《こも》ったまま死んだんだわ。かわいそうな教授だこと」

扉の陰から顔を覗かせた中年女はマレーナを指差して言った。

「売春婦が通るよ」

レナートはマレーナの二メートルくらい後ろを歩いていた。悲しみに満ちた厳粛な雰囲気にもかかわらず、彼はマレーナの腰から目が離せなかった。こんなに近くで、周りに憚《はばか》ることなく見つめていられるのは初めてだった。彼女が足を踏み出す度に、柔らかい喪服の生地が張りつめ、盛り上がった尻《しり》の肉がぴくりと動く。レナートは墓地に着くまで、うっとりと見つめ続けた。

葬儀の間も、レナートはすぐ近くからマレーナの表情をじっと見ていた。父親の棺を見つめるマレーナの目に涙はなかったが、抜け殻のような瞳《ひとみ》は彼女の絶対的な孤独を映し出しているかのようだった。

やがて、長方形の大きな穴に棺が下ろされ、土が掛けられた。ボンシニョーレ教授がやっと魂を落ち着けた場所は、墓地の角で周囲にまばらな木が生えていた。

葬儀は終わり、参列者が喪主であるマレーナに挨拶《あいさつ》して帰っていく。この瞬間を待ち望んでいた数人の男たちがいた。長い間、よだれを垂らしながら眺め、嫌らしい想像を膨らませるだけの対象だった女性に触れることができる。マレーナの前には短い列ができていた。

話しかけて今後のきっかけを摑《つか》もうと目論《もくろ》んでいる者もいた。ファシスト党の書記官はマレーナの手を取り、くどくどとお悔やみの言葉を述べた後、頰《ほお》に音を立ててキスし、彼女の身体《からだ》を抱いたまま、なれなれしい調子で耳に何かを囁《ささや》きかけた。

市長は右手を高く上げて挨拶した。

「スコルディーアさん、お悔やみ申し上げます！」

「ありがとうございます」

そう答えたマレーナの手を握り、これも頬にキスをした。

レナートも勇気を出して列に並んだ。マレーナの手に触れ、運が良ければキスできると思えば、どんな勇気も湧《わ》いてきた。前に並んでいた男が歩み去り、レナートが憧《あこが》れのマレーナの手を取ろうとした瞬間、誰かに突き飛ばされた。

「ガキはどいてろ！」

そう言って彼女の前に立ったのは薬局の主人だった。怒りに震えて立ち尽くすレナートを後目《しりめ》に、マレーナの手をしっかりと握った。

「スコルディーアさん、これからどうなさるつもりですか？　私と同じ神の小羊であるあなたを助ける準備はできていますよ」

そう言うと彼女の頬に口を押し付け、舐《な》め回すようにキスをした。

次は、広場で砂糖とパンを、髪と交換条件で渡した男の番だった。レナートは男の一挙一動を観察した。その日はねずみ色の三揃《みつぞろ》いに身を包んでいたが、相変わらず顔は鬚《ひげ》だらけだった。簡単にお悔やみを述べると、頬にキスする振りをして、何ごとかを囁いた。

「わかったわ……」

マレーナは下を向き、消え入りそうな声で言った。男は彼女の髪をゆっくりと撫《な》で、満足そうに去っていった。

その夜、レナートはマレーナの家へ行った。いつものように、上の窓から覗いたが、弱い明かりが見えるだけで彼女はいない。彼は木を伝って地面に降り、塀を越えると辺りを見渡し、誰もいないことを確認すると、玄関の鍵穴《かぎあな》から覗いてみた。

マレーナは黒いスリップ姿で机の前に座り、右手にハサミを持っていた。机の上には鏡が一枚、壺《つぼ》に立て掛けて置いてあり、ロウソクの炎が揺れている。

彼女は腰近くまである長い髪から小さな束を左手で取り、ハサミで切り落とした。そして、ロウソクの炎に照らされた艶《つや》やかな髪をじっと見つめてから、机の上に置いた。ハサミは彼女の肩の上で何度もザクッと音を立て、机の上には髪の束が並んでいった。彼女は鏡を見ていたが、遠くにある何かを懐かしんでいるような眼差《まなざ》しだった。髪を切り落とす度に、自分の過去と決別しているのだろう。机の上に並んでいく髪の束は、彼女から切り離された過去の出来事のようだった。

マレーナは髪を切り終わると、鏡からふっと視線を逸《そ》らして立ち上がり、台に載った白い洗面器の前に歩いていった。洗面器は彼女のへそくらいの高さにあった。マレーナは洗面器の水を両手ですくい、顔と首を丁寧に洗った。そしてスリップの肩紐《かたひも》を外して腰まで下げ、上半身を露《あらわ》にする。暗がりに真っ白な身体が浮かび、細い腕がしなやかに動く。わずかな水を手ですくっては、両腕、脇《わき》の下、乳房と丹念に洗っていった。

腰を屈《かが》めて鍵穴から覗《のぞ》いているレナートは激しく興奮し、汗をかいていた。遠くから爆撃の音が、これまでになく頻繁に響いている。

マレーナは二つに切ったレモンを取り出し、肩や胸に絞って手の平でこすりつけた。

レナートの動悸《どうき》がさらに高まった。とその時、背中の方から車のエンジン音が聞こえてきた。振り返ると、近付いてくるライトが見えた。レナートは右手に走り、塀を越えて庭に隠れた。塀の陰から覗くと、車が家の前で停まっている。帽子を被《かぶ》り、小さな包みを抱えた男が車から降りると玄関に近づき、ノックした。

「だれ？」

家の中からマレーナの声がする。

「私だよ。開けておくれ」

「私って誰なの？」

「私だ、サルバトーレだよ。君に砂糖とタバコとコーヒーを持ってきたよ」

しばらくすると扉が開き、弱い光が訪問者を照らした。レナートはやっとその男の正体を知った。新しい敵は、ファシスト党の書記官だった。

「入って、サルバトーレ」

マレーナが言い、書記官が家の中へ入っていった。

レナートは聞き耳をたてていた。始めは小さく話し声が聞こえたが、そのうち沈黙が訪れた。レナートは家から庭に出るための扉を見つけ、鍵穴から覗いた。

二人は玄関から居間に入ったところで、立ったまま抱き合い、キスしていた。黒いドレスを着たマレーナを抱き締める書記官の手が、彼女の背中から尻、太股《ふともも》を撫で回している。書記官は顔を離すと喘《あえ》ぎながら言った。

「髪を切ったのかい？」

「気に入ったかしら？」

マレーナは無理に笑みを作りながら言う。

「素敵だよ。その方が若く見える」

書記官はそう言うと、彼女の服を乱暴に脱がせ始めた。ドレスのボタンを引きちぎり、スリップと一緒に肩から引き下げ、首筋にかじり付く。肩を舐め、乳房を掴み、胸にキスしながら彼女を押していく。マレーナは全く抵抗しなかった。美しい人形のようだった。無表情で書記官の好きにさせている。

レナートは泣いていた。止めどなく涙は溢《あふ》れ続け、しゃくり上げていた。

マレーナの背中が壁にぶつかった。書記官はドレスの裾《すそ》を捲《めく》り上げ、パンティを引きちぎった。自分もズボンとパンツを下ろすと立ったまま挿入した。

「おぉ！　おぉ！」

喚きながらマレーナを突き上げる。マレーナは書記官の激しい動きとともに、壁に押し付けられるにまかせていた。

裏切られた子供のように泣き続けていたレナートが立ち上がった。紐に掛けて干してあった、マレーナの下着を摑《つか》み地面に叩《たた》きつける。そして庭を走り、塀を越えると闇《やみ》の中に走り去った。

陽射しが強い春の午後だった。すっかりしょげ返ったレナートが自転車に乗り、のろのろと広場に入っていく。広場には二つのカフェが軒を列《つら》ね、競い合うようにテーブルを外に並べている。レナートはそこに、いつもの男たちが座っているのを見た。軍の将校やファシスト党の幹部たちなど、厳しい時勢にもかかわらず贅沢《ぜいたく》が許されている少数の人々だ。彼らはそこで通り過ぎる人々を批評したり、貴重な食べ物を味わって時間を潰《つぶ》していた。

その場の中心的な存在であるファシスト党の地区書記官が上機嫌で言った。

「一九三七年の大演習が終わった時、いみじくもドゥーチェがおっしゃったんだよ。ソビエト人なんかがシチリアに上陸できるはずはないって」

同じテーブルに着いていた将校も楽しそうに言う。

「まだあの当時は、ドイツ人がまったくいなかったですな。今は我々の友人となり、数えきれない程いますが」

カフェのテーブルで唯一の女性がジーナだった。彼女は一番端のテーブルに足を組んで、一人で座っていた。彼女には贅沢が許されることを、みんな知っていた。誰も彼女に注目しなかった。

カフェを通り過ぎ、広場の出口に向かおうとしたレナートが、いきなり自転車を止め、凍り付いたように動かなくなった。広場に入ってくるマレーナを見たのだった。マレーナはゆっくりとカフェの方へ歩いてくる。おしゃべりしていた人々も彼女に気付くと、口を開いたまま目を見張った。

その日のマレーナは黒いニットのワンピースを着ていた。太股《ふともも》から丸く張りのある腰、ウエストまで薄い生地は身体の線を描き出し、大きくV字に開いた胸元からは深い胸の谷間が丸見えになっている。しなやかに歩く姿を見て男たちは自然に裸体を想像した。

しかし、何よりも男たちを驚愕《きょうがく》させたのは、彼女の髪だった。腰あたりまで垂れていた、黒く豊かな髪が短くなり真っ赤に染められていた。

マレーナは顔を上げ、真直《まっす》ぐに歩いてくる。

男たちが卑猥《ひわい》な目で眺め回したが、彼女は目もくれない。クールに美しく男たちの鼻先を通り過ぎる。男たちは息を飲んだまま後ろ姿を見つめ続ける。ホテルの入り口で立ち話をしていた三人のドイツ人将校も、彼女に気付くと黙り込み、驚いた顔で見つめていた。

男たちの視線を完全に無視して真直ぐ歩くところは同じだったが、伏し目がちに外からの好色な視線や悪意を遮断してきたこれまでとはちがい、今日の彼女は町の人々を挑発していた。捨て身で胸を張って。

マレーナは髪とともに寡婦として生きることを棄てたのだ。

そんな彼女を見る女たちの視線には憎しみと蔑《さげす》みが込められていた。立ち止まって見ていた女とマレーナの目が合った。マレーナは傲慢《ごうまん》とも見える挑戦的な微笑《ほほえ》みを浮かべた。ジーナだけが満足そうな顔でマレーナを見ていた。彼女はカステルクトに仲間ができたことを理解したのだ。

レナートはすっかり取り乱し、立ちすくんでいた。身体《からだ》の力が抜けてしまい、いつものように彼女を追うこともできなかった。

広場は静まり返っていた。そこにいる町の人たち全員が一人残らずマレーナを見つめている。彼女に何が起こったのかと考えながら。

マレーナはカフェで唯一空いていたテーブルに真直ぐ向かい、わずかな躊躇《ためら》いも見せずに座ると、大胆に足を組んだ。そして銀のケースからタバコを取り出し、真っ赤なルージュを塗った唇に挟んだ。

レナートはまた衝撃を受けた。ジーナでさえ人前でタバコを吸ったことはなかったのだ。この仕種《しぐさ》は完全に彼女が商売女になったことを宣言していた。

マレーナは火を催促するようにタバコをくわえている。隣に座っていた男が、おずおずとライターを差し出した。とたんに周りから、ライターを持った数本の手が彼女の顔に伸びた。

たくさんの火がマレーナに迫る。しかしそれはライターではなかった。うっそうとしたジャングルで、毛皮を身体に巻いた、ざんばら髪の野蛮人が、手に手に松明《たいまつ》を持ってマレーナを取り囲んでいる。彼女は木を組んだ火炙《ひあぶ》り台の上で、左右の木に手足を縛られてもがいていた。服はずたずたに引き裂かれて、着ていないも同じだった。野蛮人は理解不可能な彼らの言葉を喚きながら、彼女を囲んで輪になって踊っている。その輪が小さくなり、彼女の足下に松明が近付いていく。

そのとき、アメリカ空軍の兵士となったレナートが、パラシュートにぶら下がって彼女の上へ降りてきた。レナートは機関銃を野蛮人に向かって撃ちまくる。野蛮人は一瞬にして全滅し、マレーナを繋《つな》ぐ縄もマシンガンの弾に撃ち落とされた。

縛《いまし》めを解かれて倒れたマレーナは上を向いて両手を広げた。そこにレナートが着地し、彼女にのしかかる。マレーナの腕と両脚に締め付けられながら、レナートは熱いキスをする。

ベッドの上のレナートは、激しく腰を振り飛び跳ねていた。その日は今までにも増して動きが激しかった。まるで絶望的な情念をベッドに叩き付けてでもいるように。跳ねる度にベッドの背板が壁にぶつかり大きな音をたてた。

ベッドの真下にある部屋でラジオの前に座っていたレナートの父は、天井を睨《にら》んで顔をしかめた。ピエトロにはレナートが何をしているのかは、お見通しだった。一定のリズムを刻み、天井を震わせる騒音はどんどん大きくなっていく。ピエトロは大きくため息を吐《つ》き、両手で顔を覆った。

そのとき、ラジオからたどたどしいイタリア語が流れ出した。ピエトロは急いでラジオに耳を押し付け、不安そうな顔で聞き入る。ロンドンからの放送だった。

『イタリアのみなさん、こんばんは。ムッソリーニは追い詰められている。彼と彼の独裁政治は終わろうとしている……』


「あの女はドイツ兵ともやってやがるのか」

窓際で客の髪を切っていた床屋が、外を見て大声で言った。

「誰のことだい？」

聞きながら客も外を見る。他の客や床屋も興味津々に窓やガラス戸へ顔を押し付ける。その中には順番を待っていたレナートもいた。レナートは青い顔をして目には隈《くま》ができている。熱っぽい目を窓の外に向けると動かなくなった。

床屋の正面に見える、ナチス司令部の入り口にマレーナがいた。ドイツ軍将校と腕を組み、司令部から出てきたところだった。マレーナは金髪になっていた。化粧が濃く、派手な服で最小限だけ身体を覆っている。最大限に身体を見せていると言った方がよいくらいだった。将校がもう一人、後から出てきた。その男にはジーナが寄り添っていた。

「おい、マレーナ・スコルディーアの成れの果てだよ。ジーナと協力して稼いでるらしいぜ。誰のチンポコくわえてるか見てみろよ！」

床屋の一人が言った。

レナートは顔をガラスに押し付けたまま動かなかった。光を失った目で呆然《ぼうぜん》とマレーナを見つめている。

二組のカップルは楽しそうに話し、笑いながら広場を横切っていく。広場の一角にドイツ軍の車が何台か停められていた。四人はその中の一台に乗り込み走り去った。

「あいつらモデルノ・ホテルでは一晩中燃えるらしいぞ」

床屋の窓から覗《のぞ》いていた兵士が、車を目で追いながら話し始めた。

「部屋から部屋へ渡り歩いて短時間で五人を満足させるんだとよ。人間業じゃないな」

「オォー！」

聞いていた男たちが驚きの声を上げた。

レナートは目を開いたまま幻覚を見ていた。煙がもうもうと立ちこめる薄暗い部屋で、マレーナとジーナが数人の男を相手に乱交している。マレーナは一人終わると、次の男に走り寄り、馬乗りになる。男に摑《つか》まれるマレーナの豊かな乳房、上を向いて悶《もだ》える美しい顔、男と密着した腰……。背徳の饗宴《きょうえん》の幻が目の前に大きく広がっては消えていく。いつしか幻覚は万華鏡のように砕け散り、ぐるぐる回りだした。

レナートが床に崩れ落ちた。気を失っている。

「おい、どうしたんだ！　おい！」

まわりにいた男たちが駆け寄って声を掛け、身体をゆすっても気が付かない。

レナートは遠くで誰かが自分を呼んでいるような気がしていた。


教会の狭く薄暗い聖具室だった。黒服、黒頭巾《くろずきん》の老婆が三人、壁際で椅子《いす》に座っている。その前にはレナートが母親の膝《ひざ》に頭を載せ、母の腕の中で横たわっていた。視線はうつろに空を彷徨《さまよ》い、熱にうなされ、青ざめた顔に汗を流している。ほとんど目が見えない年老いた司祭長がレナートの身体に手を当て、何かを探ろうとしていた。

司祭長はレナートから手を離すと何度かうなずいた末に重々しく言った。

「我が娘よ。あなたの子供は悪魔に取り憑《つ》かれているようです」

「ああ、神様、マリア様」

母親は言うなりレナートの上に突っ伏して泣き出した。

三人の老婆がすっと立ち上がり、声を合わせて祈り始める。

「天にまします我らの父よ。願わくは……御国を来らせたまえ……」

司祭長が聖水をレナートに振り掛け、悪魔祓《はら》いの祈りを唱え始める。

「天の神、地の神、天使の神、大天使の神、法王様の神、預言者の神、使徒の神、殉教者の神……」

母親は手を合わせ、老婆に合わせて必死に祈りだした。

ピエトロは入り口で成り行きを見守っていた。彼だけは息子《むすこ》が恋と性欲の病だと分かっていた。一心に祈る妻を、いらいらした小声で呼ぶ。

「ローザ、ローザ、いい加減にしろ」

何回か呼び掛けた末に、やっと妻が気付いて振り返った。

「道化芝居はたくさんだ！　まるでミケランジェロのピエタができそこなったみたいだぞ。いい加減にしろ！」

「いやよ！」

ローザはきっぱりと答えると、また祈りだした。

教会での悪魔祓いでは不足だったのか、ローザはレナートを、数々の不治の病を治したと言われる魔女のところに連れてきていた。そこは海に突き出した崖《がけ》の淵《ふち》に建つ、小さくてみすぼらしい小屋だった。その中で、悪魔祓いの儀式が行われていた。

レナートは裸で、羊の毛皮の上に上向きに寝かされている。青い顔に表情はなく、視線は宙を彷徨う。そのまわりには何十本ものロウソクが灯されて、レナートの身体《からだ》には聖者を描いた小さな紙が、隙間《すきま》のないほど貼《は》りつけられている。レナートの母親は、生きた心地もないような顔で、部屋の入り口に立っていた。

ここでも黒いゆったりした服と頭巾で身を包んだ三人の老婆が祈禱《きとう》していた。

一人は、油に浸したにんにくでレナートの顔をこすり、へそに押し付けながら祈る。

「棒に付いた赤い悪霊。気を張れ力を入れろ死が通り過ぎる。棒に付いた赤い強情な悪霊。気を張れ力を入れろ運命が変わる……」

他の二人は床にうずくまったまま祈っている。

「右目は悶える心の臓、左目は救われた心の臓、右目は深い情念、左目は枯れた情念……」

「三つ憑いてる、三つが溶かす、三つが壊す、三つが守る、三つが毒を出す、三つが冷ます……」

レナートの父親は、小屋の外で怒りをぶつけるように、大きな石を蹴《け》っていた。蹴りながら、祈禱が聞こえないように両手で耳を塞《ふさ》ぎ、怒鳴り始める。

「恥だ！　恥だ！　恥だ！」

その声を聞き付けたローザが、入り口から現われ、泣きながら走り寄ると訴えるように言った。

「あの人たちは私の叔父《おじ》さんを治してくれたんですよ。コレラだったのに！」

「でもお前の息子は病気じゃないんだ。わからんのか？　あいつは大人になったんだよ。硬いチンポコを持ってるんだよ！」

ピエトロはそう言うと片手を前へ出し、肘《ひじ》から上を立てて見せた。そして大声で怒鳴った。

「あいつは女とやりたいんだ‼！」

「ヒェー！」

母親はその場に座り込み、激しく泣き続けた。


夕暮れの最後の光が消える頃、ピエトロはレナートの手を引いて町の中心を歩いていた。空は爆撃機の編隊で覆われている。人々はすでに避難していて、歩いているのは彼らだけだった。遠くから爆撃の音が響く。地面も建物もびりびりと震えた。逃げ遅れた人が道を横切り必死に走っていく。しかしピエトロは固い決意を顔に浮かべ、恐れる気配もなく、レナートを引きずるように、どんどん歩いていく。

二人は古い建物に入った。入り口は崩れかけており、人が住んでいるようには見えない。汚れた階段を上る途中でピエトロが立ち止まり、すこし考えると言った。

「レナート、ちょっと、ここで待ってろ」

そして一人で階段を上がっていった。

レナートは階段に座り込んだ。空襲警報のサイレンが鳴り続け、上空で爆音がうなり、爆撃の地響きが聞こえてもレナートは眉《まゆ》一つ動かさなかった。膝を抱えて宙を見据えたまじっとしている。

レナートを呼ぶ女性の声が階段に響いた。レナートが立ち上がって、階段を上がっていくと、ドアの一つが開いていた。ドアの向こうで、派手な服を着て化粧が濃く、細いパイプをくわえた年配の女性が彼に微笑《ほほえ》みかけている。色っぽいような、どこか命令するような不思議な微笑みだった。

「レナート、こっちよ。さあ、入りなさい。ドアを閉めて」

レナートは中へ入った。女性は優しくレナートの手を取り、薄汚れた壁の続く、長い廊下を歩いていった。

「でも、父さんがいるはずなんだけど」

「そのうち来るわよ」

返ってきたのははっきりしない返事だった。

廊下を抜けると、そこは広々としたサロンだった。赤い電球が灯っている。壁際に椅子がたくさん置かれていた。広い廊下がサロンの両側に延びており、部屋の入り口がいくつも見えた。上階に上がる階段もある。しかし誰もいなかった。

爆撃はだんだん近づいてくる様子で、爆弾が落ちる度に轟音《ごうおん》が鳴り建物が揺れた。どこかに置かれたラジオから戦況が聞こえていた。

『陸軍司令部より国民に伝える。シチリアでは敵軍の攻撃は枢軸軍により制御されており……』

レナートの手を引いてきた女が大声を上げた。

「お嬢さんがた、出番だよ！」

それを合図に各部屋から女性が出てきた。上階からも降りてくる。

「好きな娘《こ》を選んでいいんだよ」

年配の女性は優しくレナートに言うと、娼婦《しょうふ》たちに向かって叫んだ。

「さあみんな、よく見てもらうんだよ！」

レナートは目を丸くして、落ち着きなく顔を巡らせ女性を見ていた。やっとここが売春宿なのだと分かった。

娼婦たちは驚いた顔でレナートの周りに集まってきた。誰かが言った。

「あら、ほんの子供じゃない！」

入り口の横にある小部屋に隠れていたピエトロが、心配そうに顔を覗《のぞ》かせた。それを見つけた年増《としま》女が言う。

「息子が決まったらあなたの番ね。もう少しの我慢よ。心配しなくてもピチピチした女の子が余ってるわ」

色とりどりの薄物を身体にまとった、十人程の娼婦がレナートを中心にまわりだした。腰をくねらせ、胸を突き出す姿はグロテスクなダンスのようだ。レナートの前を通り過ぎる度に、げらげら笑いかけ、顔や身体を撫《な》でたり突いたりする。

短い金髪で、身体に羽織った薄いベールから、乳房も秘部も透けて見える若い女がレナートの頬《ほお》を撫でながら言う。

「私とおいで。女の身体を教えてあげる」

レナートは、焦点の定まらない目で娼婦たちを見ていた。目の前に現われては、卑猥《ひわい》な、からかうような仕種《しぐさ》で彼を刺激し、視界の外に消えていく。一人が消えたときには、すでに違う女が目の前にいる。レナートは頭が混乱して考えることもできず、娼婦を見比べて選ぶどころではなかった。

赤い髪を肩で切りそろえたグラマーな女は、むき出しの乳房を両手で掴《つか》みレナートに押し付けて言う。

「赤毛はお好き？」

レナートの目に映る彼女の顔が突然マレーナになった。赤毛のマレーナが、丸くて大きな乳房を掴み、淫猥《いんわい》な表情でレナートを誘う。他の女に視線を移すと、それもマレーナに変わる。走馬灯のように目の前を巡る女たちが、順番にマレーナに変わっていく。彼は髪型と髪の色が違う、たくさんのマレーナに取り囲まれた。

茶色い髪のマレーナが目の前に現われ、はだけた乳房を上下に揺らしながらレナートの顔の前で舌舐《したな》めずりして言った。

「いかせてあげる、いかせてあげる」

階段の途中にいる、腰に黒い布を巻いただけの女が、挑発的な目でレナートを見ている。目が合うと女はマレーナになった。彼女は自分の性器に手を当ててこすり、反り返って喘《あえ》ぐ振りをしてみせた。そして手招きしながら言う。

「私を貫いて」

レナートは目の前で繰り広げられる光景にショックを受けて立ちすくんでいた。そのとき、一人だけ奇妙なダンスには参加せず、壁にもたれて立っている女が目に留まった。自然な表情で彼を見つめている。黒いパンティに肌色のブラジャーを付け、同じ色のガーターベルトで黒いストッキングを吊《つ》っていた。豊かに盛り上がった胸に、肉付きのよい腰と太股《ふともも》、髪は黒くて長く、はっきりとした美しい顔だちをしている。彼女だけはマレーナに見えなかった。レナートが初めて見た頃のマレーナに、彼女がどことなく似ていたからかもしれない。

レナートは彼女を見つめて微笑んだ。年増女はそれを見逃しはしなかった。彼女に向かって言った。

「ルペッタ、部屋へ行きな！　しっかり頼んだよ」

ルペッタはレナートに近づいて彼の手をとり、上に導いていく。

後に残った女たちが、ぶつぶつ文句を言い始める。

「おだまり！」

すかさず年増女の声が飛ぶ。

ピエトロは小部屋の入り口に立ち、女に手を引かれて階段を上るレナートを見ていた。

ルペッタがレナートに聞く。

「あんた名前はなんて言うの？」

「レナート・アモローソ」

「アモローソ！　〝恋人〟なんてロマンチックな名前ね」

年増女がピエトロに近付きながら話し掛けた。

「会計係さん、今夜は爆撃で死ぬか、しょっぴかれてブタ箱に入るか見物だわ」

ピエトロは女を無視して息子をじっと見ている。階段を上がってすぐの部屋に二人は入ろうとしていた。しかしレナートは入り口で立ち止まり、振り向いて、不安そうな目で父親を見る。ピエトロは優しい目で息子を見返し、ウインクして言った。

「いいから入れよ」

レナートは自分と父親が、悪い遊びの仲間になったような気がして笑った。

「さあ、おいで」

ルペッタはそう言うと、部屋の中にレナートを引き込んだ。

それは寂しい部屋だった。もとは白かった壁が茶色に変色し、ところどころ黒い染みが広がっている。擦り切れた絨毯《じゅうたん》が敷かれていて、家具といえば小さなテーブルと古いソファー、赤いカバーのかかったベッドくらいしかなかった。古びた大きな鏡が壁に掛かっていた。

ルペッタは優しい手つきで、ゆっくりとレナートの服を脱がせていった。ジャケットを取り、ネクタイを外し、ワイシャツのボタンを一つずつ外していく。レナートは黙って立っていた。シャツを脱ぐ時には素直に両手を上げ、ズボンを脱ぐ時には片方ずつ足を上げた。最後にパンツを脱がせると、ルペッタはレナートを部屋の角にある洗面所に連れていった。石鹸《せっけん》を泡立て、レナートのペニスや尻《しり》を優しく洗ってくれた。レナートが最初に感じた照れくささは徐々に消えていき、身体《からだ》の強《こわ》ばりが解けると、突き上げてくる興奮が身体の芯《しん》を痺《しび》れさせた。彼はどことなくマレーナに似たルペッタが気に入っていた。

レナートは仰向《あおむ》けでベッドに寝転んだ。ルペッタがその足下で身に着けた物を一つずつ外していく。レナートの目の前で、彼女の隠された部分が少しずつ露《あらわ》になっていった。見ているうちに彼女はマレーナになった。初めて見た頃のマレーナが、優しい目で自分を見ている。まるで彼女が突然レナートの愛に気づき、それに応《こた》えようとしているようだった。

「初めてなの？」

脱ぎ終わったマレーナが聞いた。

「ちがうよ」

レナートが答えると、彼女は少し驚いた顔をした。

「何度も何度も空想したんだ」

レナートがそう言うと彼女は楽しそうに笑った。そしてベッドに上がり、ゆっくりとレナートの上にかぶさった。彼は柔らかい彼女の身体を感じた。ルペッタはレナートの薄い胸に軽くキスする。少しずつ位置をずらしながら、胸から腹へと唇で触れていく。レナートは夢を見ているようだった。

ルペッタの唇が下腹部へ達した時、レナートはびくっと身体を震わせた。

10

広場は興奮し切った人々で一杯だった。そこに連合軍のジープや戦車が何台も入ってきた。人々は歓喜の声を上げながら、手に持った白いハンカチを振る。建物の窓からシーツを振る者もいた。

地元の吹奏楽団が待ちかねたように〝イン・ザ・ムーン〟を演奏し始めた。

数人の男が〝ようこそ解放者たち〟と書かれた横断幕を持っている。その横を、アメリカ兵や地元の少年をボンネットの上にまで乗せた装甲車が通っていく。

「ハロー！　ハロー！」

アメリカ兵は叫びながら〝V〟サインを送り、タバコやチョコレート、ガムをばらまく。

ファシスト党地区本部の建物にかかっていたムッソリーニの大きな肖像画がなげ落とされた。一人の男が落ちてきた肖像画の目をくり抜き、高く掲げた。群集はこれまでの鬱憤《うっぷん》を晴らすように、手を振り、拍手し、声を張り上げて解放者を讃《たた》えた。ジープの兵士に駆け寄り、キスする女たちもいた。

レナートはアメリカ兵に交じって、ジープのボンネットに座っていた。手足を振り回し、人々に向かって叫び、喜びを身体中で表していた。レナートのポケットはタバコで一杯だった。そして惜しげもなくそれを右に左に放り投げていた。広場の端まで来ると、レナートはジープから飛び下り、沿道の人々や車の兵士たちと握手しながら、来た道を駆け戻った。戦争が終わったのだ。彼は喜びをまだまだ人々と分かち合いたかった。

凱旋《がいせん》のパレードが過ぎ去った後も、広場には熱狂覚めやらぬ人々が残っていた。その時、モデルノ・ホテルの前で一人の女が大声で叫んだ。

「あの最低の売女《ばいた》にも挨拶《あいさつ》してやろうじゃないか！」

それは歯医者クジマーノの女房だった。

「いくよ！」

仲間の女たちの顔を見回すとそう叫んで、階段を駆け上がり、ホテルの中に飛び込んでいった。その後を四人の女が追う。

「キャーッ！」

広場に面したホテルの部屋から女性の悲鳴が聞こえた。

「おい、何の騒ぎだ？」

周囲にいた人たちがホテルの前に集まってきた。その中にはレナートもいた。

「ギャーッ！　ヒィーッ！」

ホテルからの悲鳴は大きくなって響き続ける。

突然、ホテルの両開きの扉が広場に向かって乱暴に開き、さっき入っていった女たちが、一人の女の髪や腕を持って引きずりながら駆け出してきた。そしてホテルから広場へ降りる十段程の階段から、女を突き落とした。

「落ちろメス豚！」

「お前なんか町で一番不幸な女になればいいんだ！」

「バチあたりめ、昨日も男をくわえ込んでたんだろ！」

レナートは人々の間を縫って、騒ぎがよく見えるところへ移動していった。その顔は恐怖でゆがんでいる。レナートは確かめるのが恐かった。

レナートは人垣の前に出た。悪い予感は当たっていた。彼が目にしたのは階段の下に倒れているマレーナだった。寝ているところを襲われたのだろう。白いノースリーブのシャツにショートパンツを穿《は》いているだけだ。身体のところどころが擦り剝《む》け、血が滲《にじ》んでいる。

彼女を引きずり出した女たちが一斉に襲い掛かった。

「死ね、淫乱女《いんらんおんな》！」

「お前の心臓を破裂させてやる！」

「男を漁《あさ》りつくしやがって！」

叫びながら、マレーナを蹴《け》る。手で頭を抱え込み、うずくまったマレーナを、たくさんの足が休みなく蹴り続けた。ハイヒールのかかとがマレーナの身体に食い込む。すぐに口と鼻から血が噴き出した。他の女たちもどんどん加わり、十数人が我先に力一杯殴り、蹴った。ハンドバッグを叩《たた》き付ける女もいる。どこからかモップを持ち出してきた女は、柄の部分で思いきり腹を突き、背中を叩く。

「やめてー！　やめてー！」

マレーナは泣き叫びながら、身体を起こそうと努力した。しかしたくさんの手や足が彼女を地面に叩き付ける。

「黙れ、売女！」

「メス豚！」

女たちは狂ったように叫びながら、マレーナの身体を、ところかまわず打ち続けた。

レナートは立ちすくんでいた。どうすれば良いのか分からなかった。今初めて自分が無力であることに気付いた。この状況に介入する力は、自分にはないと思った。

しかし周りにいた大人たちも同じように何もしないで黙って見ている。誰一人マレーナを助けようとする者はなかった。このままだとマレーナは死んでしまうかもしれない。

一人の若者が見かねて止めに入ろうとした。しかし横にいた男は若者を引き止めた。

「やめろ。これが女なんだよ」

一人の女がハサミを持って駆けつけた。マレーナに群がっていた女たちの動きが止まった。歯医者の女房がハサミを取って振り上げた。女たちは二人がかりでマレーナを両側から支えて上半身を起こす。

「男漁りができなくしてやるよ、淫売！」

歯医者の女房はハサミをかざして高らかに宣言した。言うなりマレーナの髪を摑《つか》んで切り始めた。

「いやー！　やめてー！」

マレーナは最後の力を振り絞って血だらけの足をばたつかせた。薬局の女房がその足を踏み付ける。歯医者の女房は髪を摑んでは、生え際近くから切っていく。一人の女がマレーナの顔に唾《つば》を吐きかけて言った。

「お前がもっと男に持てるようにしてやってるんだよ！」

別の女は地面に落ちた髪を踏みにじりながら、溜《た》まっていた怒りを吐き出しつくすように、叫び続ける。

「最低の女だ！　最低の女だ！」

マレーナはすでに抵抗する力もなく、叫ぶ気力も残ってなかった。

不揃《ふぞろ》いな坊主頭ができあがり、支えていた女たちがマレーナを放り出した。マレーナは力なく地面に倒れる。歯医者の女房は女たちを見渡し、勝ち誇ったように言った。

「奥様のお世話は終わったようね」

広場は静まり返っていた。男たちは黙り込み、じっとマレーナと女たちを見ていた。レナートも動けなかった。頭の中が真っ白になり息をするのも忘れていた。

泣きながら震えていたマレーナが、人垣に向かってじりじりと移動し始めた。身体《からだ》を引きずり、立ち尽くす男たちの前までくると、よろめきながら立ち上がった。顔は血と涙で汚れ、シャツも引き裂かれ、ほとんど裸に近い身体全体が青黒く腫《は》れており、傷のない部分がないほどだった。膝《ひざ》や肘《ひじ》、肩は皮膚が引き裂かれていた。マレーナは両手で血だらけの乳房を隠し、腰を曲げ、ふらつきながら男たちを睨《にら》み、怒りの叫びを浴びせかけた。

「ギャアアアアッ！　ギャアアアアアッ！　ギャアアアアアッ！」

心の痛みを全て吐き出すようにマレーナは叫び続けた。男の中には誰一人、指一本動かす者さえなかった。

マレーナをいたぶった女たちが、再び彼女に近づいていった。薬局の女房が先頭に立ち、マレーナに顔を寄せて命令した。

「消え失せろ！」

他の女たちもマレーナを脅すように迫り、口々に喚《わめ》き散らす。

「消えろ！」

「二度と姿を見せるなよ！」

「出ていけ！」

マレーナは気迫に押されて、よろよろと歩き出した。そして足を引きずり、泣きながら走り去った。

翌日の明け方だった。レナートは駅にいた。一番列車が出発しようとしている。彼にはマレーナが来るという確かな予感があった。昨日の出来事の後では、もう彼女がカステルクトで生きていけるはずがなかった。

三両しかない客車はすでに満員だった。大きな鞄《かばん》を持った人たち、山のような荷物を抱えた商人や闇屋《やみや》が押し合っている。車内から溢《あふ》れた人々が屋根の上にも座っていた。ホームは見送りの人や、何とか列車に乗り込もうとする人たちでごった返していた。アメリカ兵の姿がここにもちらほら見られた。

レナートはホームにマレーナを見つけた。黒い服を着て、黒いスカーフを頭から被《かぶ》り、顔を隠している。四角い旅行鞄を重そうに提げ、足を引きずりながら客車の乗車口に進んでいく。スカーフから覗《のぞ》いた顔は腫れ上がって形が変わっていた。知っている人が見ても彼女だとは分からなかっただろう。乗車口に立った彼女に、誰かが中から手を差し伸べた。お陰で彼女は何とか乗ることができた。

汽笛が鳴り響き、汽車がゆっくりと動き出した。マレーナはドアのガラスに顔をつけてじっと外を見ていた。自分が生まれ育った町とそこに住む人々。自分を町から追い出した人々。悲しい顔で見つめるマレーナは何を考えていたのだろう。

マレーナが見えなくなった。汽車は白い煙を吐きながら遠ざかっていく。レナートはいつまでも、いつまでもじっと見つめていた。

レナートは〝愛よ消えないで〟のレコードを久しぶりに取り出した。蓄音機の回転盤に載せ、針を落とすと甘いメロディーが部屋を満たす。

『いけないわ
私の愛が花びらと共に
風に消えてしまうなんて……』

はじめてこの曲を聴いたときの、夫の写真を胸に抱いて踊るマレーナの姿がよみがえった。あれからどれほど時間が経ったのだろうか。それは二度と戻らない切ない想い出だった。

駅で見たマレーナの姿が頭から離れなかった。列車の窓からカステルクトの町を見つめる彼女の顔は腫れ上がっていた。女たちのひどい仕打ち……。レナートは後悔と罪悪感に胸が潰《つぶ》れそうだった。

マレーナを失って、彼はいつまでも泣きつづけた。

レナートは一人で海辺の大きな岩の上にいた。かつて仲間とふざけあい、出すことのない恋文を書いた場所。今ではそれも遠い過去の出来事だった。手に持った〝愛よ消えないで〟のレコードを見る。もう、このレコードには、何の意味もなかった。マレーナはもういないのだ。

やがてレナートは立ち上がると、海に向かってレコードを力の限り投げた。それは高く上がると急降下して海に落ち、瞬く間に見えなくなった。

11

乗り合い自動車がカステルクトの町外れに着いた。そのあたりは爆撃にひどくやられていた。建物が瓦礫《がれき》に変わり、大きな空き地になっていた。家をなくした人々が、もとあった家の痕跡《こんせき》を探してうろつきまわり、瓦礫を掘り返していた。

車から降りた人たちの中に、痩《や》せて、みすぼらしい男がいた。ぼろぼろで汚れた軍服を着ている。上着の右袖《みぎそで》はポケットに突っ込まれていた。右腕がないらしい。布で包んだわずかな荷物を左手に提げている。

男はゆっくりと歩き出した。近くにいた人々は、新しく町に来たよそ者を警戒して見ている。瓦礫の山から掘り出した家財道具を荷車に積んでいた三人の女が話し始めた。

「今着いた男を見たかい？」

「どの男さ？」

「ほら、あそこにいるよ」

辺りを見回す男の目には、懐かしさが見られた。まるで昔住んでいた場所に、久しぶりに戻ってきたようだった。

男は町の中心に向かって歩き始めた。中年の夫婦が男とすれ違った。行き過ぎてから女は立ち止まり、少し考えて連れの男に言った。

「ねえ、今のニノ・スコルディーアじゃない？　マレーナの旦那《だんな》の」

「だれだって？」

「マレーナよ。ほら、ドイツ人とも寝てた女。その旦那だと思うわ」

二人は立ち止まったまま、振り返って男を見ていた。

男がさらに進んでいくと、若いアベックがすれ違い様に、驚いた顔で言う。

「おい、あいつ死んだはずじゃ……」

「おぉ、神様、マリア様、生きていたんだわ！」

レナートが自転車で通りかかった。レナートはニノを見るなり急ブレーキをかけた。マレーナの家で、何度も写真で見た顔をレナートはよく覚えていた。写真に比べるとニノは老けて、やつれていた。足取りも病人のようにおぼつかない。右腕も失ってはいるが、まちがいなくマレーナの夫だった。

ニノが通り過ぎた道端では、すでに噂《うわさ》が広がろうとしていた。立ち止まってニノを見ていた郵便配達人が、横にいた男に話しかけた。

「死んだ方がましだったたな」

男は顔をしかめながら答えた。

に。

「可哀想《かわいそう》なやつだ」

「女房はパレルモにいるんだってよ。こんどはアメリカ人相手に商売してるらしいぜ」

郵便配達人が仕入れたばかりの噂を披露した。

レナートは自転車を押してニノの後を歩き始めた。以前よくマレーナの跡をつけたように。

ニノは町の中心を、懐かしそうに見回しながら歩いていく。それを見た町の人たちは、信じられない顔で目を丸くし、近くにいる人と何ごとかを囁《ささや》きあう。ニノはそれを気にする風でもなく、誰に話しかけるでもなかった。彼はゆっくりと歩を進め、ヌオーヴァ門を抜け、海に向かって歩いて行った。

海岸沿いの道に出ると、太陽に照らされた海から潮の香りがただよい、ニノの鼻腔《びこう》をくすぐった。ニノは暖かい空気を肺いっぱいに吸い込むと、砂利道を歩いた。海沿いの集落のいちばん端まできた。ニノ・スコルディーアはやっと我が家に帰ってきた。しかし家の様子は以前と全く違っていた。

家の中にはたくさんの貧しい人たちがいた。床の上や家具の上に着の身着のままでうごめいている。わずかな持ち物をそれぞれが自分の周りに置いていた。

ニノがマレーナとともにわずかな時間を過ごした〝家〟は見る影もなくボロボロになっていた。

啞然（あぜん）として立ちすくんでいるニノを見て、壁にもたれて座っていた二人の少年が囁きあった。

「おい、あいつは誰だ？」

ニノを見ながら一人が聞く。

「知らねえよ」

ニノは人々の間を縫うようによろよろと家の中を横切ると庭に出た。ここもたくさんの人たちで溢《あふ》れていた。マットレスを敷いたり、シーツで簡単なテントを張ったり、たき火で炊事をしているものもいた。あちこちに洗濯物がぶら下がる中を子供がはしゃいで駆け回っている。みんな家を失った人たちなのだということは想像がついた。

途方に暮れたように辺りを見渡すと、ニノは木の根元に座っていた女たちに声をかけた。

「誰かマレーナ・スコルディーアを知りませんか？」

女たちは不審げにお互いに顔を見合わせている。少しして、赤ん坊に乳を飲ませていた女が言った。

「スコルディーアって誰なの？」

ニノが絶望したように言う。

「あなたたちは何者なんですか？　ここは私の家ですよ！」

怯《おび》えた女はおどおどと答える。

「私たちは何も知らないわ。焼け出されてここに来ただけなの。ここは空き家だったから」

さっきから近くで様子を窺《うかが》っていた男が口を挟んだ。

「俺《おれ》たちがここに来たときには誰も住んでなかったんだ」

「なんだって？　どうして誰も住んでないなんてことがありうるんだ？」

空を仰いでニノは悲しそうにため息をついた。

庭に入る門の鉄格子から覗《のぞ》いていたレナートもため息をついた。レナートはニノの前に名乗り出たかった。そして知っていることを全部話すべきだと思った。しかしその勇気はなかった。


ニノは連合軍司令部になっている建物へ向かった。レナートも気づかれないように、後をついていった。途中、ニノは知った顔に出会うと妻の消息を尋ねた。何が起こったのかと聞いた。しかし誰もが言葉を濁し、知らないふりをした。連合軍司令部の場所だけは喜んで教えてくれた。

司令部は人でごった返していた。役人、兵士、一般市民、それぞれが係から係へと歩き回り、机の前で怒鳴り、立ち止まって話をしていた。ニノは一階の受付で上に行けと言われ、階段を上がっていった。レナートも後に続いた。

レナートが階段を上がりかけると、以前ファシスト党のサロンにたむろしていた男が二人連れだって降りて来た。一人はカヴァリエーレの称号を持つカルナッツァだった。二人はニノのことはもう知っているらしい。すれ違っても驚かず、好奇とも哀れみともとれる眼差《まなざ》しを送っただけだった。そして、当然のように彼が何故、連合軍司令部に来たのかも察していた。

カルナッツァの連れの男が首を横に振りながら言った。

「哀れな男だ。誰もあいつにはっきりと言わないんですかね？」

カルナッツァは面白そうに答える。

「そんな度胸が誰にあると思う？　奴《やつ》の女房はトラパニで身体《からだ》を売ってるんだぞ。俺がこの目で見たんだから確かだ」

「へえ……」

「そりゃあ、以前と変わらずいい女だよ。しかし娼婦《しょうふ》は娼婦だからな」

階段を上がったところで、レナートはニノを探した。正面にも右にも部屋があり、アメリカ兵や町の人が机で忙しく仕事をしたり、大声で話したりしていた。ニノは左の奥にある部屋で机の前に座っていた。彼の前ではアメリカ人の将校がコーヒーをすすっている。

ニノの右側には下士官と背広を着た通訳がいた。ニノは将校に向かって話していた。

「北アフリカ戦線に従軍中、私は右腕を失いました。でも死んではいません！　その後はインドで捕虜《ほりょ》になっていたんです。そこでマラリアにかかりました。戦争中、私はずっと向こうにいたんです！」

通訳は困惑しながら将校に伝えた。

「戦死は間違いだと言っています」

「おいチビ、そこで何してるんだ？　出て行け！」

踊り場の壁から顔だけ出して覗き込み、ニノたちの話を聞いていたレナートは、突然アメリカ兵に怒鳴られた。

レナートにも出て行けと言われていることくらいはわかった。彼は一瞬考えると、大げさな身振り手振りで答えた。

「俺、バール　ボーイ。　コーヒー　はこぶ」

そしてニノの部屋にいる将校が飲んでいるコーヒーカップを指さして続ける。

「カップ、待ってる。アンダスタン？」

「オーケイ、オーケイ」

アメリカ兵は案外あっさり階段を降りていった。レナートは背中で、からかうように手を振った。

奥の部屋に視線を戻すと、ニノが涙を堪《こら》えながら必死に訴えていた。

「家を返して下さい。大勢の人が住みついていて、今は寝るところもないんです。父も母も死にました。妻は行方不明です。町の誰も妻がどうなったのか知らないんです」

ニノの目から涙が溢れだした。将校は気の毒そうにニノを見ながら、通訳の言うことを聞いている。しかし通訳はニノの言ったことを伝えてはいなかった。自分が見たこと、聞いたことを将校に話していた。

「彼の妻は我々がここに着いた日に、女たちからリンチされていた、あの女です。今はどこかで売春しているとみんな言っています」

ニノは通訳が将校に伝えた内容を知る由もなかった。彼は涙を拭《ぬぐ》いながら将校に訴えかける。

「お願いです、どうか妻を探して下さい！」

レナートにはなんとなく通訳が嘘《うそ》を言っていることが分かった。


司令部から出たニノはあてどなく町を彷徨《さまよ》った。目は焦点を失い、足下がふらついている。自転車を押したレナートが、少し離れて後ろについていた。

教会前の広場を通りかかると、立ち話している三人の男がいた。一人は元ファシスト党地区書記官だった。マレーナが髪を切った夜、彼女を買った男だ。一人は元市長だった。

彼らは背広を着込み、一般市民の振りをしていた。

三人を見つけると、ニノは近づいて嬉《うれ》しそうに話しかけた。

「書記官！　書記官！　私を覚えてますか？　ニノ・スコルディーアですよ」

元書記官は顔をしかめ、迷惑そうに答える。

「人違いだ」

レナートは自転車を教会の階段に寝かせると、最近覚えたタバコをくわえ、三人に近づいていった。

「ねえ、火をかしてくれない？」

三人のうちでレナートの知らない男がマッチを取り出した。レナートは二人に食い下がるニノの言葉を聞いていた。

「なんだって？　あなたはファシスト党の書記官だったし、そちらは党に任命された市長だったではありませんか。あなたたちなら私を助けられるはずです。妻のことを何か知りませんか？」

「さてねえ……。分離主義者の仲間入りしたんじゃなかったっけ？」

元書記官はそう言うと高笑いした。その後を元市長が続ける。

「そうに決まってるよ」

レナートに火をつけてくれた男は、手で向こうに行けと合図した。レナートは数歩離れると何気ない顔で聞き続けた。

「憲兵隊が彼女を殺した時には、分離主義の親玉アントニオ・カネーパと固く抱き合っていたというじゃないか」

元書記官がそう言うと、三人とも大笑いした。そして元書記官は続ける。

「あんたたちは英雄夫婦だな」

「そうそう英雄夫婦だ。あはは」

元市長がすぐに同意して笑った。

ニノは憎しみと軽蔑《けいべつ》を込めた目で、元書記官を睨《にら》みながら言った。

「あなたたちの言う通りだ。あなたたちみたいな卑劣な人間を守るために闘った人々は、英雄でも何でもないからな！」

元書記官はニノの顔を殴りつけた。片腕でバランスのとれないニノはよろけて地面に倒れた。

「シチリア中の売春宿を探してみろよ。たぶんお前の淫売《いんばい》女房が見つかるだろうさ！」

元書記官はそう言うと、他の二人と一緒に笑いながら立ち去った。

レナートはニノに駆け寄ると、手を貸して身体を起こし、教会の階段に座らせた。ニノはレナートを見もしなかった。足の先の地面を睨んだまま黙っていた。レナートはニノの後ろに座った。彼に話さなくてはと思い続けた。何度も声を掛けそうになった。しかし唇が動いても声は出てこなかった。話しはじめれば、ニノは根掘り葉掘り聞いてくるだろう。レナートは知っていることを全部話さなくてはならなくなる。目の前の可哀想《かわいそう》な男に、彼が遠く離れたところで苦しんでいるときに、生活のために妻が他の男と寝ていたとはレナートには言えなかった。

レナートは家に帰るとニノに手紙を書いた。

『スコルディーア様

男同士として名乗り出る勇気がないことを、お許し下さい。しかし、あなたに真実を伝える、他の方法を思いつきませんでした。私はあなたの奥様について、唯一本当のことを知る者です。誰もあなたに話そうとしませんが気にしないで下さい。むしろ、その方がいいのです。町で皆が言っていることは、たちの悪い噂《うわさ》にすぎません。

私を信じて下さい。マレーナさんは貞節な人です。あなただけを愛していました。これが真実なのです。たしかに色々なことがありました。しかし、それ以前にあなたは死んだことになっていたのです。

彼女を最後に見たのは、メッシーナ行きの汽車に乗るところでした。あなたの幸福をお祈りします。

匿名の手紙の常として〝友人より〟と書くべきなのでしょう。でも、名前を書きます。僕の名前はレナートです』

夜中になるのを待って、レナートはニノの家に行った。いつもの木に登り、枝を伝って窓まで行く。雨戸はなく窓は簡単に開いた。

家の中には、歩く隙《すき》のない程、たくさんの人が寝ていた。しかしニノ・スコルディーアだけは起きていた。彼は窓の下のソファーに頭を抱えて座っていた。レナートが初めてここから覗《のぞ》いたときに、マレーナが横たわっていたソファーだ。

ニノは悲しみと不安と屈辱で眠れないのだろう。きっと彼が一番心配しているのはマレーナのことだ。愛する妻はどこへ行ってしまったのか、本当に売春婦になっているのだろうか？　そんなことばかり考えているに違いない。

レナートは暗闇《くらやみ》に座るニノの横に目がけて、折り畳んだ手紙を投げ入れた。カサッという物音に気づいてニノがこちらを見上げるより早く、レナートは大急ぎで木から降り、塀を飛び越え、たてかけてあった自転車に飛び乗ると、暗い海岸沿いの砂利道を、全速力で走った。

「オーイ！　待ってくれ！　戻って来い！」

背後からは、慌てて家の外に出てきたらしいニノの声が聞こえたが、レナートは振り返らなかった。

明け方、レナートは駅でニノを待っていた。予想通りニノは来た。混み合ったホームを脇目《わきめ》もふらず歩き、発車寸前のメッシーナ行きの汽車に乗り込んだ。

列車が動きだした。ドアの向こうに立ったニノが、ガラスに顔を付け、じっと外を見ている。彼の故郷とそこで暮らす人々を無表情に眺めている。

ニノの顔が小さくなり、やがて見えなくなった。

12

一年の歳月が流れた。

十月の、光に満ちた日曜日だった。広場は人で溢《あふ》れていた。暖かい太陽を浴びて散歩するもの、おしゃべりをするために広場に来るもの、そこでは何も凄惨《せいさん》なことなど起こったことが無いと思えるほど、平和な空気に溢れていた。戦争はすでに過去の出来事となり、人々は以前の生活を取り戻していた。

かつてのカフェ・インペーロ、戦後名前を変えて、今ではタヴェルナ・アズッラと呼ばれる店とカフェ・ローマは、どちらも外に並ぶテーブルに空いた席がないほど繁盛していた。

地方判事のミストレッタが女房と腕を組んで、店の前を通りかかった。テーブルに座っていた元市長と元ファシスト党書記官が愛想よく挨拶《あいさつ》する。

「やあ、お変わりありませんか？」

「こんにちは、判事さん」

判事も帽子を取って丁重に挨拶を返した。

弁護士のチェントルビが母親、二人の姉妹とテーブルを囲んでいる。母親はアイスクリームをスプーンですくい、赤ん坊に食べさせるようにチェントルビの口へ運ぶ。

「あーん……ほら、もっと食べなさい」

テーブルには薬局の主人もいた。女房、子供とテーブルを囲んでいる。

歯医者のクジマーノは、以前にも増して情けない顔で広場の端を女房と散歩していた。

ボンタ男爵も歩いている。しかしその腕にジーナはおらず、一人だった。

そしてレナートも一張羅《いっちょうら》を着込み、ハンチングをかぶって、同じ年ごろの女の子と腕を組んで歩いていた。前からくる二人の女性教授に、帽子を取って微笑《ほほえ》みながら挨拶した。

「こんにちは！」

レナートの隣の少女は彼の婚約者だった。彼らの後ろにはそれぞれの両親、兄弟、姉妹から叔父《おじ》、叔母《おば》までが列を作って歩いている。

道端で乾燥果物を売っていた屋台に、相変わらずの面々で悪さをしているピネたちが走り寄り、壺《つぼ》の中から果物を摑《つか》むと笑いながら逃げ出した。

「ばちあたりが！」

屋台のおやじは凄《すご》い剣幕で怒鳴って手を伸ばし、ピネの頭を殴った。

小さな町の、いつもと変わらない平和な午後だった。

カフェ・ローマのテーブルでおしゃべりに興じていた数人の元ファシスト党軍人のうち

の一人が、突然話を中断した。信じられないといった顔で、広場へ続く大通りの方を見ながら言った。

「なんてこった……おい、見ろよ。誰がいるか見てみろよ！」

同じテーブルにいた仲間がそっちを見た。やはり皆驚いた顔になり、視線は一点に向いたまま動かない。

少しずつ、広場の人たちが同じ方向に注目し始めた。そして、あちこちで驚きの声が上がる。

レナートも自然にみんなと同じ方を見た。息が止まるかと思った。自分の目が信じられなかった。そこにはあの人がいた。幻などではない。本物のマレーナ・スコルディーアが歩いていたのだ。

マレーナはニノの残った左腕に手をかけてぴったりと寄り添い、大通りから広場に入ってきたところだった。彼女は相変わらず美しかった。しかし、今までに見たどの美しさとも種類の違うものだった。まだ短く、おかっぱに切り揃《そろ》えた髪は、元の自然で艶《つや》のある黒に戻っていた。全く化粧をしていない顔には、不安と緊張が現われている。茶色に黒のストライプが入った、地味だが上品なスーツを着ていた。スカートからは以前と変わらずしなやかな脚が伸びていたが、歩き方はぎこちなかった。広場全員の視線を一身に浴びていることを意識し、それを避けるように下を向いたまま、ニノに全てを任せているように見えた。それは質素で品が良く、どことなく影をただよわせた美しさだった。

ニノは駱駝《らくだ》色の三揃《みつぞろ》いにネクタイを締め、円い鍔《つば》の付いた帽子をかぶっていた。ジャケットの右袖《みぎそで》はポケットに入れてあり、左手はズボンのポケットに突っ込んでいた。その腕をマレーナがしっかりと抱えていた。

ニノは真直《まっす》ぐ前を見て歩いた。顔を上げ、口を固く結び、まるで目の前にある何かを睨《にら》み付けているような厳しい表情だった。心の中で血を流しながら、地獄から再び戻って来た者だけが持つ、誇りと強い意志を見る者に感じさせた。

ニノは自分が妻を見つけだし、家に連れて帰ろうとしていることを、町の人たちに見せつけていた。それはカステルクトの人々に対する、意趣を込めた強烈な挑戦だった。自分たちを冷たく、残酷に追い出した人々に、自分たちは戻ってきたのだと、またここで生きていくのだと宣言していた。

レナートの頭を、四年前に初めて彼女を見た時から、彼女が逃げるように町を出ていった日までの、様々な場面が駆け巡っていた。

まだ幼い顔をした婚約者が、好奇心にかられてレナートに聞いた。

「レナート、なんでみんな彼女を見てるの？」

「何でもない……何でもないんだよ」

レナートはつぶやくように答えた。彼は何も話したくなかった。黙ってマレーナを見つめていたかった。昼も夜も彼女を追いかけ、希望もなく、ただ見つめていたあの頃のように。

広場にいた多くの人々も、二人から視線を外すことができなかった。彼女に憧《あこが》れた男たち、彼女を憎んだ女たち、夫を失った彼女を娼婦《しょうふ》にまで陥れ、町から追放してしまった人たちみんなが黙って彼女を見つめつづけた。

二人は静まり返った広場を抜け、ヌオーヴァ門の方へ歩き去った。広場に残された人々の顔には、当惑と気まずさが表れていた。


翌日、海辺の空き地に立つカステルクトの青空市場は活気に溢れていた。女たちが買い物に出る、午前中の混み合った時間だった。野菜、果物、乾物、小間物、衣料品、靴などを並べた多くの売り台が並び、日除《ひよ》けのテントがそれらを覆っている。テントにも服や鞄《かばん》がぶら下がっていた。

左右に並ぶ品物を眺めながら、連れ立って歩いている三人の女が、かしましく話している。

「昨日、広場にいたんだって。そう、あのスコルディーア夫婦。腕を組んで歩いてたっていうじゃない」

「信じられないわ！　ニノはどうやってマレーナを見つけたのかしら？」

「でも、いい度胸してるわよねえ。この町に帰ってくるなんて」

女たちが突然口を閉じて立ち止まった。噂《うわさ》の主、マレーナが市場に現われたのだ。

マレーナはかかとの低い地味な靴を履き、粗末な上着とスカートといういでたちだった。手には布の買い物袋を二つ提げている。市場にいた女たちは、自分たちと同じように、地味な安物を身に着けたマレーナを驚いて見ていた。それは買い物をする一般的な主婦の姿だった。女たちは、今までと違いマレーナに憎しみや嫉妬《しっと》を感じなかった。

三人の女が声を潜めて話しながら歩き出した。

「確かに彼女よ」

「歩き方が変わったわね」

みんながマレーナを見ながら小声で話していた。マレーナにも自分を噂する声は聞こえていたはずだ。しかし彼女は気付かない振りをして、売り台の間を進んでいった。

クジマーノの女房と薬局の女房が、古いストッキングを売る屋台の後ろから、彼女を目で追っていた。

「目の回りに皺《しわ》ができてるわよ」

歯医者の女房が言うと、薬局の女房も意地悪く答える。

「太ったみたいね」

マレーナが二人のいる売り台で足を止め、ストッキングを手に取って眺めた。二人の存在には気付いていない。

「こんにちは、スコルディーア」

歯医者の女房が売り台の向こうからマレーナに声をかけた。横柄な言い方だった。顔に薄笑いを浮かべている。

売り台の周りが静かになった。周囲の女たちが売り台を挟んで立つ三人に注目している。歩いていた者は足を止めて、見守った。

マレーナは歯医者の女房を見つめ、ゆっくりと薬局の女房に視線を移動し、そして周りの女たちを見た。みんなマレーナがどんな反応を示すのか、待っていた。少しの間、沈黙が流れた。

「こんにちは」

マレーナは落ち着いて挨拶《あいさつ》を返し、売り台に目を落とすとストッキングの物色に戻った。やがて手にしたストッキングを売り台に戻すと歩き出した。

「ごきげんよう」

「さようなら」

クジマーノ夫人と薬局の女房がマレーナの背に明るく声をかけた。薬局の女房は微笑《ほほえ》んでさえいた。

マレーナは八百屋《やおや》の屋台に向かった。トマトに手を伸ばすと誰かが声をかけた。

「こんにちは、マレーナ。トマトを買うの？　だったら、あっちの店の方が安くていいわよ」

優しい言い方だった。マレーナが顔を上げると、八百屋の女が微笑みながら、違う売り台を指さしている。

市場はさきほどまでの活気を取り戻していた。もう誰も足を止めてマレーナを眺めたり、ひそひそ話をしたりしていなかった。

マレーナは、ハンガーにかけてテントから吊《つ》るしてあった服に目を留め、触ってみた。ベージュの厚ぼったい地味な服だった。古着屋の女が愛想よく声をかける。

「それいいわよ。気に入った？　マレーナさん」

「そうねえ」

「着てみれば？」

「ええ……でも、やめとくわ」

マレーナは歩きかけた。しかし古着屋の女は、急いでハンガーから服を外しながら言う。

「家に持って帰って試してみなさいよ。心配しなくていいから」

「また今度来ますから」

マレーナはいささか強引な好意に当惑したが、女はマレーナの様子にはおかまいなしに、服を畳みながら言った。

「かばんをこっちへ貸して。心配しなくていいのよ、奥さん。とりあえず持って帰ってよ。後でまた話しましょう」

マレーナが、おずおずと買い物袋を差し出すと、女はその中に服を入れた。

「ありがとう……。さようなら」

マレーナは歩き出した。

「また来て下さいね！」

古着屋の女が大声で言った。

この女が、彼女をリンチした女たちの一人だということに、マレーナは気づいていたのだろうか。ほかにも、あの日、広場でマレーナを血まみれになるまで殴り、蹴《け》った女たちの幾人かが市場に来ていた。マレーナに挨拶し、話し掛ける女たちの中でも、それらの女はとりわけ優しく、愛想がよかった。マレーナを気づかい、行ってしまうと、ほっとした顔をした。まるで自分が許されたとでもいうように。

マレーナは膨らんだ買い物袋を両手に提げて、市場を後にした。八百屋でも肉屋でも、女たちは競うようにマレーナに品物を持たせ、どちらの袋も溢《あふ》れそうにものが詰まっている。

昨日、マレーナを広場で見かけて様子を見に来ていたレナートが、市場から出てくるマレーナを見つけた。昔と変わらず、彼女を見たとたんに、心臓の鼓動が大きく速くなる。

レナートは十六歳になっていた。しかしその瞬間、彼は自分が十二歳に戻ったような気がした。彼は四年前と同じように、先回りして海沿いの道で彼女を待つことにした。今では古くなってしまった、当時と同じ自転車を飛ばして走る。しかし、そこには仲間たちが欠けていた。当時の子供らしいバカ笑いや下品な会話がなかった。

港に近い海沿いの砂利道をマレーナが歩いてくる。買い物袋が重い方へ身体《からだ》を傾け、ひょこひょこと歩いている。いままでレナートが見てきたしなやかな歩き方ではなかった。道端では少年たちがボールを蹴って遊んでいる。しかし、誰も彼女を見つめたりはしなかった。

レナートの前をマレーナが通り過ぎていく。かつてと同じように、彼の存在には気付きもしないで。レナートは急にそのことが悲しくなった。自分の愛は袋小路をさまよい、どこにも出口がないと改めて気づいた。

レナートは遠ざかっていくマレーナを悲しい気持ちで眺めていた。マレーナが立ち止まり、袋を持つ手を持ち替えようとした。持ち手の一つが手から離れ、袋の口が大きく開いて、オレンジが数個こぼれて道を転がった。レナートの行動は早かった。マレーナが身体をかがめる前に、すでに自転車で走り出していた。いくつかのオレンジはマレーナの足下で止まり、他のいくつかは三メートルくらい転がっていった。

「大丈夫、大丈夫です！　僕が拾います！」

レナートは自転車を倒れるにまかせ、転がった方のオレンジを拾い集めた。

マレーナは素直に若者の好意を受けた。

「ありがとう」

そして、自分の足下にあるオレンジを拾って買い物袋に入れていった。レナートはオレンジを拾い集めると、彼女に走り寄った。彼女にこれほど近付いたことはなかった。心臓が咽《のど》から飛び出しそうだった。オレンジを袋へ入れる時に、レナートの手が彼女の手に触れた。初めて彼女に触れた感激にレナートの身体が震えた。マレーナはそんなことには気付かず、レナートを見もせずに礼を言う。

「本当にありがとう」

そして立ち上がると歩き出した。

レナートは後ろ姿を見送りながら、彼女を見るのはこれが最後だと思った。彼らしい別れの言葉が自然に口から出た。

「マレーナさん、お幸せに！」

マレーナは立ち止まって振り向き、驚いた顔でレナートを見た。レナートの気持ちが分かるはずもなかった。彼女は困惑気味にうなずくと、再び前を向いて歩きだした。

レナートは遠ざかっていく彼女をしばらく見ていた。そして、自転車にまたがり、彼女と反対の方向に走り出した。

私は何かから逃げるようにペダルを漕《こ》ぎ続けた。実際、逃げていたのだろう。彼女から、感動から、夢から、想い出から。彼女や少年時代と決別するために。彼女のことを忘れなくてはと思った。忘れられると信じていた。

その後ずっと下らない人生を過ごし、私は老人となった。たくさんの女を愛した。女たちの多くは〝私を忘れないで〟と言ったものだ。しかし私は一人も覚えていない。私の心に残っているのは少年の日に愛した彼女だけだ。マレーナだけはずっと忘れることはなかった。

解説――シチリアに帰還し続けるトルナトーレの原点への挑戦

島　村　菜　津

「私が最大の魅力を感じる物語は、人間のきわめて基本的な本能が感動できる物語、つまり今もなお私たちを惹《ひ》きつけるおとぎ話のような物語なのです。そして『マレーナ』は、まさにそういう物語なのだと思います」

監督のジュゼッペ・トルナトーレ自身は、新作をそんなふうに語っている。

舞台は、シチリアのカステルクトという架空の港町、主人公はレナート・アモローソという十二歳の少年である。思春期を迎えたレナート少年が、マレーナという美しい女性に一目で恋をする。以後、少年は、今ならストーカーと呼ばれて終わりそうだが、それはしつこく影のように跡をつけまわし、白昼夢に浮かれる。だがもちろん、マレーナはずっと年上だし、人妻だから、相手にされるはずもない。しかし、小さな港町には違和感を覚えるほどのマレーナの美しさと夫が戦地に赴いているという立場は、町中にセンセーションを巻き起こす。やがて、戦争の重苦しい空気が小さな港町をも包み込み、夫の戦死通告を受け取った後、金銭的にも窮したマレーナは、ついに町の人たちの欲望と嫉妬《しっと》の渦の中に投げ出されることになる……。

年頃の少年が、年上の肉感的な女性に夢中になる……かつてのイタリアが得意だったお色気映画を思い出させるほどに単純な物語である。そして監督自身も語っているように「たとえ多額の費用を投じたとしても、これは小品である」というのにも賛成だ。

だが、どの時代にも、どんな人の心にも起こりうる普遍的なおとぎ話の中には、トルナトーレの得意ないくつかの符号が盛り込まれている。そのひとつは、主人公の名前である。地元イタリアのある評論家が「マレーナが、マッダレーナの省略形であることも偶然ではないだろう」と指摘しているように、マッダレーナという名は、マグダラのマリアのこと。マグダラのマリアとは、キリストの復活にも立ち会った聖女だが、もともと娼婦《しょうふ》をしていた女である。その名は、聖と俗の二つの顔を合わせもつ。マグダラのマリアが、村人たちに罪を犯した女として石を投げられ集団リンチに遭っていた時、キリストは「罪を一度も犯したことのないものだけ、石を投げなさい」という名科白《めいぜりふ》をはいて、これを庇《かば》った。映画にもよく似た場面があるが、未熟なレナート少年には、そんなヒロイックな立ちまわりなどできない。ただ、もどかしい思いをしながら、じっと見守るだけである。

マッダレーナという名前のせいか、レナート少年が、壁の穴から、孤独なマレーナの生活を覗《のぞ》き見する姿は、ポーランド映画『愛に関する短いフィルム』で、年上の女性マグダ＝マッダレーナに片思いし、望遠鏡で覗き見する若い郵便局員の姿を彷彿《ほうふつ》させた。トルナトーレは、もともと、そうした言葉遊びをわりに臆面《おくめん》もなく楽しむ傾向がある。例えば『ニュー・シネマ・パラダイス』の少年トトの本名は、サルヴァトーレ・ディ・ヴィータ、直訳すれば〝人生の救済者〟だった。今回の少年はというとアモローソという苗字《みょうじ》。映画には、娼婦が「ロマンチックな名前ね」と茶化すくだりがあるが、それは、まさに〝愛に満ちた〟、あるいは〝恋人〟という名前だった。

トルナトーレは、その一方で、単純なおとぎ話の底に戦時下の体制への痛烈な批判を忘れない。もっとも象徴的なのは物語の冒頭だ。主人公のレナートが、初めてマレーナを目にした記念日は、まさしく、ムッソリーニが、ラジオで、イタリアの参戦を告げたその日だったという出来すぎた設定だ。その日、一九四〇年六月十日、イタリアは、ドイツと手を組み、イギリスやフランスに宣戦布告した。つまり、一人の女性を取り巻く集団の狂気は、そのまま戦争へ人間を駆り立てるどす黒い衝動にたとえられ、その中でたった一人、狂気を逃れているのは、「愛する人」という名をもつ少年なのだ。まるで、一途《いちず》な愛をしてただ見つめ続けることだけが、この世の希望だとでも言いたげである。嫉妬に駆られた町の女たちや、反ファシズムを貫く父親が、執拗《しつよう》にグロテスクに、かつコミカルに描かれているのは、重いテーマを普遍的なおとぎ話に変容させるための苦肉の策だろう。

これまでのトルナトーレの作品の多くがそうであるように、『マレーナ』の最大の魅力もまた、その圧倒的に美しい幾つかのイメージである。この脚本を、トルナトーレは、パレルモ郊外にある自宅に籠《こも》ってたった三十三日で書き上げたというが、原案を持ち込んだのは、『荒野の用心棒』などで知られる巨匠セルジオ・レオーネ監督や、『鉄道員』はじめイタリアン・ネオ・リアリスモの名作を残したピエトロ・ジェルミ監督などと組み、無数の作品を手がけてきた脚本家ルチアーノ・ヴィンチェンツォーニである。それはまだ、『ニュー・シネマ・パラダイス』が、オスカーを受賞する以前のことだった。以来、物語が、自分の中で熟し、レナートに自らの少年時代の姿が重なり、田舎の父親がちょうど多感な時代を過ごしたムッソリーニ時代を振り返ってみたいという願望が頭をもたげるのをじっと待った。そのトルナトーレに直接、映画化を決断させたものは、同郷のデザイナー、ドルチェ&ガッバーナの広告撮影でモデルをしていたモニカ・ベルッチとの出会いだった。彼女は、少年の心を焦がす妖艶《ようえん》にして、同時に聖母のような美女マレーナのイメージそのものだったという。

午後の海岸通りを、バロック建築の広場を、潮風に黒髪を靡《なび》かせ、体の線がすけて見えるようなワンピース姿にハイヒールで颯爽《さっそう》と男たちの間を闊歩《かっぽ》していくマレーナの美しさは、冒頭から観客の目を惹きつけてやまない。豊満な腰と胸のふくらみ、細く長く、同時にしっかりと大地を踏みしめるような脚線美……。誰かが、その肉感的なイタリア的美貌《びぼう》をソフィア・ローレンにたとえているが、私には、女優モニカ・ベルッチの美しさは、ソフィア・ローレンの光に満ちた美貌とは異質なものに見える。どこか底に暗さを秘めた特異な顔立ちには、ある種、ゴシックロマンを掻《か》き立てられる。そう思っていたら、案の定、九二年、フランシス・F・コッポラの目にとまり、『ドラキュラ』に出演した経歴の持ち主だった。

きっとトルナトーレは、最初に浮かんだ完璧《かんぺき》な絵から出発するのだろう。そうした断片の美しい絵の魅力こそは、その作品の何物にも代えがたい魅力である。ちなみに、私の場合、地中海の午後の光にきらめく海を後ろにして、六人の少年たちが痩《や》せた背中を丸めてモノの長さを測りあって戯れている姿が、いつまでも目に焼きついて離れない。

その輝く光の海原、黄色い石のバロック建築を求めて、監督ジュゼッペ・トルナトーレは、ふたたび、故郷の島シチリアへ帰ってきた。

振り返れば、彼は、これまでも何度となく島を舞台にしている。誰でも記憶に残っているのは、アカデミー外国語映画賞、カンヌ映画祭審査員特別賞に輝いた『ニュー・シネマ・パラダイス』だろう。

トルナトーレは、一九五六年、シチリア島西部パレルモ郊外の小さな町バゲリーアに生まれた。バゲリーアは、ゲーテが『イタリア紀行』に描いた、怪物たちの彫りものが外壁を飾る不思議なバロック建築、パラゴニア荘で知られる町で、時折観光客も訪れるが、広場のベンチには、老人たちが何をするでもなく、日がな腰かけているような田舎町である。かつて、電話でインタヴューをした時、「子供の頃、人口四万人ほどのちょっとした町に、九軒の映画館があった。朝から晩まで三本はしごすることもあったけれど、それが今では一館だからね」と寂しそうに語った。まさに、映画好きの主人公たちは彼の分身なのだ。

その地位をゆるぎないものにした八八年の『ニュー・シネマ・パラダイス』という作品で、彼が撮影の舞台に選んだのは、故郷バゲリーア郊外の海を見下ろす小道や、内陸の小さなパラッツォ・アドリアーノという村だった。かつてパレルモから車で三十分ほどのところにあるその田舎町を訪れたことがあるが、実に人口三千人ほどの村で、八割が映画のエキストラを務めていたのには仰天してしまった。犬も歩けば、『ニュー・シネマ・パラダイス』の役者にあたる、わけだ。この村を、トルナトーレは、若い頃に作った『シチリアの少数民族』（日本未公開）というドキュメンタリー映画の撮影中に知ったそうで、舞台となった広場には、カトリックの教会と十五世紀からの移民アルバニア系住民が信仰するギリシャ正教会が向かい合っているという不思議な街だった。そこに架空の映画館だけはセットが造られ、懐かしい時代を再現するため、周辺の住人たちはアンテナのない数ヶ月を過ごしてまで村をあげての協力体制だった。

その数年後、今度は、『明日を夢見て』という映画で再び島に戻る。銀幕のスターを見《み》出《いだ》すという名目で、純朴な田舎の人たちを騙《だま》して小銭を稼いでいるけちな詐欺師の物語はどこか、罪滅ぼしめいてもいなくないが、この主なロケ地となったのが、内陸のラグーサという町だ。以後、廃墟《はいきょ》が多く打ち捨てられたような町だったラグーサ旧市街は、修復が進み、この数年、随分と美しくなった。まるでトルナトーレが町おこしを意図してロケ地を選んでいるのではないかと思ったほどだ。

そうして『マレーナ』のロケ地は、再びシチリアのシラクーサと内陸のノト。シラクーサは、ソクラテスが三度もやってきたというギリシャ人の植民地であり、青い海に面した美しい港町では、たとえば『グラン・ブルー』のエンツォのモデルとなった素潜りの元達人エンツォ・マヨルカが、時折、海に潜りながら、のんびり余生を楽しんでいる。ノトもまた、シチリアで最も興味深い純朴なバロック建築の町として知られるが、数年前には大聖堂の屋根が瓦解《がかい》し、その行政の腐敗ぶりが浮き彫りになったばかりだ。ちょうど修復もすっかり終えたところで、この作品の撮影に使われるという栄誉に輝いたわけだ。役者たちはまたしても素人ばかりで、主役のレナート少年役のジュゼッペ・スルファーロもまた、普通のシチリア少年だ。トルナトーレは、主役探しのためにカメラを持った一団を島に送り、三千点にのぼる写真のなかから選び出したというほどの執着を見せているが、その結果が、この風貌というのが傑作である。一本につながった太い眉《まゆ》、浅黒い肌、首の細い、小柄な体……。夢に出そうなハリウッドスターとは、おおよそ対極の、まるで『ニュー・シネマ・パラダイス』のトトが、少し成長しただけのような、いたって現実的なださい少年である。

驚いたのはキャスティングだけではない。映画の恐るべきシチリア訛《なま》りは、『ニュー・シネマ・パラダイス』の上を行くほどで、時々、何を言っているのかさっぱりわからない。前作がティム・ロスを主役にスーパーモデルまで使い、英語で配給したことを思えば、これは意外な展開である。常に原点に立ち返って、自らの内部のシチリアなるものを見つめるトルナトーレらしい挑戦、勇気ある選択と呼んでいいだろう。

こうしてみると、彼は、故郷シチリアの知られざる美しさを撮り続けることを、隠れたテーマにしているようだ。まだ若く、無数の可能性を秘めた監督だが、老後には興味深いシチリア七部作などといったものが完結するのかもしれない。

マッダレーナの掛詞《かけことば》ではないが、トルナトーレという名前にも私は常々、ある種の符号を感じずにはいられない。その言葉は、トルナーレ、〝帰還する〟という動詞をすぐに連想させる。すなわち、トルナトーレとは、「帰還する者」となる。

その昔、電話でシチリア人の気質についてたずねた時、少しの沈黙の後に、トルナトーレは、こう呟《つぶや》いた。

「シチリア人は、みんな、どこか運命論者だ。僕の中にも確かにそういう側面があるね」

トルナトーレは、そのシチリア的資質において、島に帰還し続ける。それは故郷への帰還だけでなく、自らの原点への帰還でもある。人生の初期に、誰もが体験する初恋の情熱へと常に立ち返ることで、われわれ観客にもまた、みずみずしいあの頃の心を思い出させてくれる。

（ノンフィクション作家）

マレーナ

ルチアーノ・ヴィンセンツォーニ

田《た》中《なか》 粒《りゅう》＝編訳

角川文庫 11957

平成十三年四月二十五日　初版発行

発行者――角川歴彦

発行所――株式会社角川書店

東京都千代田区富士見二―十三―三

電話　編集部(〇三)三二三八―八五五五

営業部(〇三)三二三八―八五二一

〒一〇二―八一七七

振替〇〇一三〇―九―一九五二〇八

印刷所――暁印刷　製本所――コオトブックライン

装幀者――杉浦康平

落丁・乱丁本はご面倒でも小社営業部受注センター読者係にお送りください。送料は小社負担でお取り替えいたします。

定価はカバーに明記してあります。

Printed in Japan

ン 28-1　ISBN4-04-288001-0　C0197

角川文庫発刊に際して

角川源義

第二次世界大戦の敗北は、軍事力の敗北であった以上に、私たちの若い文化力の敗退であった。私たちの文化が戦争に対して如何に無力であり、単なるあだ花に過ぎなかったかを、私たちは身を以て体験し痛感した。西洋近代文化の摂取にとって、明治以後八十年の歳月は決して短かすぎたとは言えない。にもかかわらず、近代文化の伝統を確立し、自由な批判と柔軟な良識に富む文化層として自らを形成することに私たちは失敗して来た。そしてこれは、各層への文化の普及滲透を任務とする出版人の責任でもあった。

一九四五年以来、私たちは再び振出しに戻り、第一歩から踏み出すことを余儀なくされた。これは大きな不幸ではあるが、反面、これまでの混沌・未熟・歪曲の中にあった我が国の文化に秩序と確たる基礎を齎らすためには絶好の機会でもある。角川書店は、このような祖国の文化的危機にあたり、微力をも顧みず再建の礎石たるべき抱負と決意とをもって出発したが、ここに創立以来の念願を果すべく角川文庫を発刊する。これまで刊行されたあらゆる全集叢書文庫類の長所と短所とを検討し、古今東西の不朽の典籍を、良心的編集のもとに、廉価に、そして書架にふさわしい美本として、多くのひとびとに提供しようとする。しかし私たちは徒らに百科全書的な知識のジレッタントを作ることを目的とせず、あくまで祖国の文化に秩序と再建への道を示し、この文庫を角川書店の栄ある事業として、今後永久に継続発展せしめ、学芸と教養との殿堂として大成せんことを期したい。多くの読書子の愛情ある忠言と支持とによって、この希望と抱負とを完遂せしめられんことを願う。

一九四九年五月三日